Una segunda vez

Margaret Mayo

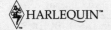
HARLEQUIN™

Editado por HARLEQUIN IBÉRICA, S.A.
Núñez de Balboa, 56
28001 Madrid

© 2010 Margaret Mayo. Todos los derechos reservados.
UNA SEGUNDA VEZ, N.º 2047 - 22.12.10
Título original: Married Again to the Millionaire
Publicada originalmente por Mills & Boon®, Ltd., Londres.

I.S.B.N.: 978-84-671-9069-4
Depósito legal: B-39200-2010
Editor responsable: Luis Pugni
Preimpresión y fotomecánica: M.T. Color & Diseño, S.L.
C/ Colquide, 6 portal 2 - 3º H. 28230 Las Rozas (Madrid)
Impresión y encuadernación: LITOGRAFÍA ROSÉS, S.A.
C/ Energía, 11. 08850 Gavá (Barcelona)
Fecha impresion para Argentina: 20.6.11
Distribuidor exclusivo para España: LOGISTA
Distribuidor para México: CODIPLYRSA
Distribuidores para Argentina: interior, BERTRAN, S.A.C. Vélez
Sársfield, 1950. Cap. Fed./ Buenos Aires y Gran Buenos Aires,
VACCARO SÁNCHEZ y Cía, S.A.
Distribuidor para Chile: DISTRIBUIDORA ALFA, S.A.

Capítulo 1

EL CORAZÓN de Sienna latía aceleradamente mientras esperaba ante la verja del jardín del exclusivo bloque de apartamentos, en la orilla del Támesis. Se trataba de una residencia destinada sólo a los más ricos, una categoría a la que Adam no pertenecía la última vez que se habían visto.

Al no obtener respuesta, suspiró aliviada. Estaba a punto de marcharse cuando oyó la familiar voz de Adam a través del telefonillo.

−¿Sienna?

Una voz profunda que, como Sienna sabía por experiencia, podía ser tan suave como el terciopelo o tan afilada como una cuchilla. Adam había usado ambas en el pasado al dirigirse a ella, y Sienna no pudo evitar estremecerse al oírla.

Hasta ese momento no se le había pasado por la cabeza que pudiera estar siendo observada a través de una cámara, e imaginar que Adam llevaba ese rato mirándola le heló la sangre. Estar sobre aviso de su llegada lo ponía en situación de ventaja.

−¡Adam! −¿por qué la voz le salía aguda cuando se había propuesto sonar segura de sí misma? ¿Y por qué Adam la mantenía a la espera en lugar de dejarle entrar? Quizá ni siquiera quería verla. Después de todo, habían pasado ya cinco años−. Tengo que hablar contigo.

–¿Después de tanto tiempo? ¡Qué curioso! Pasa.

Ignorando el efecto que su voz tenía sobre ella, Sienna esperó a que la verja se abriera y cruzó lentamente el jardín hasta llegar a la entrada principal, donde encontró otro telefonillo con cámara de vigilancia. Presionó el botón correspondiente y esperó. Y esperó. Después de lo que le pareció una eternidad, oyó de nuevo la voz de Adam.

–Pareces impaciente, Sienna.

–¿A qué estás jugando? –preguntó ella, irritada, arrepintiéndose de haber tomado la decisión de ir a verlo.

–Intentaba adivinar qué te ha hecho venir.

–Si no me dejas pasar, nunca lo sabrás. De hecho, no te molestes. He cambiado de idea –Sienna giró sobre los tacones ridículamente altos que había tomado prestados para ganar confianza en sí misma y empezó a retroceder sobre sus pasos.

–¡Espera! –dijo Adam. Sienna oyó la puerta abrirse–. Sube al ático. Toma el ascensor de la derecha.

Sienna entró en el ascensor con las instrucciones de Adam resonando en su cabeza. En unos segundos las puertas se abrieron a un corredor recubierto de paneles de haya, con un exquisito suelo de baldosas de color cobre y verde, y una delicada iluminación indirecta. En las esquinas había macetas con plantas y al fondo, un espejo en el que se vio reflejada con expresión aterrada. Sus ojos azules parecían dos ascuas en su pálido rostro, tenía el cabello castaño despeinado y de tanto mordisquearse los labios se le había borrado el carmín. Ésa no era la imagen que quería proyectar, así que se detuvo unos segundos para respirar profundamente, se obligó a sonreír, se peinó y se retocó los labios. Justo cuando guardaba la barra en el bolso, se abrió una puerta y Adam se encaminó hacia ella.

Sienna contuvo el aliento al ver cuánto había cambiado. De ser extremadamente delgado había pasado a tener un cuerpo musculoso y fuerte, como si acudiera regularmente al gimnasio, aunque por lo que solía leer sobre él en la prensa le costaba creer que tuviera tiempo. Su dios seguía siendo el trabajo, al que seguía dedicando todas las horas del día.

Apretaba la mandíbula con su característico hoyuelo bajo sus labios esculpidos, sus ojos azul oscuro se posaban escrutadores sobre Sienna mientras sus negras cejas se arqueaban en un gesto inquisitivo. El único rasgo que permanecía inmutable era su cabello negro y ondulado, despeinado y más largo de lo habitual en un hombre de negocios.

–Vaya, vaya, Sienna. Pensaba que no volveríamos a vernos –su voz profunda resonó en el espacio vacío–. ¿Cómo has averiguado dónde vivo?

Sienna alzó sus finas cejas.

–Apareces en las noticias muy a menudo, así que ha bastado hacer algunas preguntas para averiguarlo.

Durante aquellos años había sido fácil seguirle la pista. Había pasado de ser un simple promotor inmobiliario a comprar empresas en crisis, que desmantelaba y revendía consiguiendo ganancias exorbitantes. Había sido votado hombre de negocios del año en varias ocasiones. Y también era conocido por donar mucho dinero a causas benéficas.

–Siempre supe que tendría éxito –dijo él, encogiéndose de hombros.

– Pero ¿a qué precio? –dijo ella automáticamente .

Su obsesión con enriquecerse era una de las razones de que lo hubiera dejado.

Adam apretó los labios.

–¿Has venido a hablar de mi éxito o es que quieres dinero? Pues siento...

–Te equivocas –le cortó Sienna, aunque podía entender sus sospechas.

La mayoría de las mujeres que conocía habrían actuado de esa manera, pero ella era demasiado orgullosa y había preferido ser pobre a pedirle dinero. En cuanto al divorcio, siempre le había gustado la idea de estar casada. De haberse enamorado de otro hombre, lo habría solicitado, pero ése no era el caso. Y Adam tampoco había deseado volver a casarse, o se habría puesto en contacto con ella.

Una vez entraron en el apartamento, Sienna se detuvo y miró a su alrededor. Se trataba de un espacio diáfano, con toda la fachada acristalada, que se abría a una terraza de suelo de pizarra decorada con plantas y mobiliario de bambú, con una espectacular vista al Támesis.

El interior tenía una decoración minimalista, con colores delicados, sofás y butacas de cuero marrón y mesas de cristal, una pantalla de televisión gigante en la pared y una sofisticada cocina abierta al salón.

–Toma asiento, por favor –Adam señaló una de las butacas, pero Sienna negó con la cabeza.

–Prefiero que salgamos fuera –a pesar de la amplitud del espacio, la presencia de Adam le hacía sentir claustrofobia.

–Como quieras –Adam la precedió a la terraza–. ¿Quieres beber algo o prefieres decir lo que sea que has venido a decir y marcharte?

La aspereza con la que habló hizo estremecer a Sienna. Siempre había sido un hombre decidido y con una inagotable capacidad de trabajo, pero con el tiempo había adquirido una frialdad y una dureza que no acostumbraba a tener.

–Tomaré algo, gracias.

–¿Té, café, algo más fuerte?

–Sí –contestó Sienna.

Algo que la ayudara a relajarse y no sentirse intimidada. Había ensayado su discurso cientos de veces, pero no había esperado encontrarse con un Adam tan apabullante, tan frío y seguro de sí mismo.

–¿Sí a las tres cosas? –preguntó Adam, alzando una ceja.

–A algo más fuerte.

Adam esbozó una sonrisa de suficiencia.

–¿Vino, brandy?

A Sienna no le pasó desapercibido su tono sarcástico. Alzó la barbilla y clavó sus ojos en los de él. Había olvidado lo guapo que era y por una fracción de segundo sintió, horrorizada, un calor entre los muslos.

–Vino, por favor.

En cuanto se quedó sola, Sienna cerró los ojos, arrepintiéndose de haberse dejado llevar por el impulso de contactar con Adam después de tantos años de silencio. Lo más sensato sería explicarle la razón de su visita y marcharse inmediatamente. Pero desde el momento en que sus miradas se habían encontrado, había sentido el mismo deseo y conexión con él que en el pasado. Siempre había sido un amante excepcional, ardiente y apasionado. Pero en cuanto se casaron, Adam había pasado de ser su caballero andante a convertirse en un marido distante y obsesionado con el trabajo.

–Aquí tienes.

Sienna abrió los ojos súbitamente y en cuanto se encontró con los de él sintió una vez más que su cuerpo despertaba del letargo. Llevaba años diciéndose que lo odiaba, así que su reacción tenía que ser exclusivamente física. ¿Cómo iba a amar a un hombre que prefería el trabajo a su mujer?

El vino tenía un aspecto delicioso, frío y tentador. Sienna observó a Adam servir una copa del líquido dorado, que al instante creó una capa de condensación en la copa que ella acarició con un dedo al tomarla.

Adam la observó con ojos entornados, haciéndole sentir que había hecho un gesto erótico, como si en lugar de la copa lo hubiera acariciado a él.

Una nueva oleada de calor la recorrió, y Sienna bebió precipitadamente para neutralizarla. Al dejar la copa sobre la mesa, le sorprendió descubrir que casi la había vaciado.

–¿Resulta tan espantoso verme? ¿Por qué no dices ya lo que sea que te ha traído aquí?

La amargura de su tono hizo que Sienna lo mirara. Sus labios se torcían en un gesto adusto y sus ojos la miraban fríos como el hielo.

Para poder contarle el motivo de su visita, Sienna necesitaba sentirse más cómoda con él.

–Tienes una casa muy bonita –dijo–. ¿La compartes con alguien?

–Si lo que preguntas es si tengo novia, la respuesta es «no». Deberías conocerme mejor. Sabes que mi único amor es el trabajo.

–Así que no has cambiado. ¿Y para qué quieres todo esto si no puedes disfrutarlo? –preguntó ella, indicando el apartamento con un movimiento de los brazos.

–Para sentirme seguro y tener cosas que me gustan –Adam no apartaba sus ojos de ella–. También tengo un apartamento en París y otro en Nueva York.

–¿Y no será que ya tienes tanto dinero que no sabes en qué gastarlo? –preguntó Sienna sin poder ocultar su desprecio.

–Si has venido a cuestionar mi estilo de vida...

–No, no es eso –dijo Sienna precipitadamente aunque todavía no estaba preparada para decirle la verdadera razón de su visita. Era un tema tan delicado que necesitaba que Adam estuviera del humor adecuado–. Sólo me extraña que tengas tantas casas y nadie con quien compartirlas.

–¿Estás ofreciéndote? –preguntó él con una sonrisa insinuante que hizo estremecer a Sienna.

Sienna creía muertos sus sentimientos por Adam Bannerman. No quería sentir hacía él nada más que desdén, y si estaba allí era por una razón muy poderosa.

–Ya experimenté lo que significaba vivir con un adicto al trabajo –dijo con frialdad–, y sé que no es nada placentero. Así que no me extraña que no hayas encontrado a ninguna mujer que quiera vivir contigo.

–¿Qué pasa, quieres el divorcio? Siempre me he preguntado por qué no lo habías solicitado.

–Lo mismo digo –replicó Sienna, mirándolo retadora.

–No he tenido ni tiempo ni ganas –dijo Adam con parsimonia, sin apartar los ojos de ella–. Estaba seguro de que algún día tú darías el paso. Lo que no me esperaba era que vinieras a verme en persona.

–Ha sido un error –dijo ella sin pensarlo–. Será mejor que me marche.

No veía posible sacar el tema que la había llevado allí. Aunque le diera lástima imaginar lo solo que iba a quedarse en la vida si seguía obsesionado con el trabajo, Adam había dejado claro que no quería que nada perturbara una vida con la que era feliz

–No voy a dejarte marchar hasta que me digas por qué has venido –dijo él en tono autoritario–. ¿Por qué no te acabas el vino?

Sienna le lanzó una mirada de indignación y acabó el vino de un trago.

–Ya está –dijo. Y se puso en pie.

Adam la imitó, y ella se alegró de llevar unos tacones que le hacían tan alta como él. Al menos así se sentía menos intimidada. Él insistió:

–¿Qué te ha traído aquí?

Sienna cerró los ojos y tragó saliva. Tenía que hacerlo. No había marcha atrás. Tomó aire y finalmente dijo:

–He venido a decirte que tienes un hijo.

Capítulo 2

ADAM se quedó perplejo al oír las palabras de Sienna. ¡Un hijo! ¡Un hijo que debía tener cuatro años y del que ella no se había molestado en hablarle!

Sentía la sangre bullir en sus venas y habría querido gritar a Sienna, sacudirla por los hombros por haber tardado tanto en decírselo.

Le resultaba imposible de asimilar. Jamás había imaginado nada parecido. Nunca había querido una familia. Era feliz tal como estaba. No quería un hijo que irrumpiera en su rutina. ¿Y por qué habría decidido Sienna contárselo en aquel momento y no cuando descubrió que estaba embarazada? Sus ojos brillaron de ira al sospechar la respuesta.

—No soy el padre, ¿verdad? Lo que quieres es mi dinero. Márchate, Sienna. ¡Márchate!

Tenía que estar mintiendo. Ninguna mujer criaría un hijo sin pedir ayuda económica, sin exigir al padre que asumiera su responsabilidad.

Sienna se cuadró de hombros y sus fantásticos ojos azules centellearon. Parecía una tigresa protegiendo a su cría.

—Te aseguro que es tuyo.

—Eso dices —Adam no pensaba dejarse engañar tan fácilmente.

–¿Quieres una prueba definitiva? Sabes que es muy fácil conseguirla.

Sus miradas se encontraron y Adam vio en los ojos de Sienna que estaba siendo sincera. Su sospecha quedó arrinconada en alguna parte de su cerebro, y se dijo que tal vez afloraría de nuevo cuando viera al niño. Él se parecía mucho a su padre, así que podía esperar encontrar algún rasgo común en su hijo.

Se cruzó de brazos y habló con severidad:

–Si es verdad que es mi hijo, ¿por qué has esperado tanto a decírmelo?

El corazón le golpeaba el pecho con fuerza. Prefería mantenerse a cierta distancia de Sienna por temor a no poder reprimir el impulso de sacudirla por los hombros hasta que explicara por qué había guardado el secreto.

Estaba preciosa con una blusa blanca y negra y unos elegantes pantalones negros que resaltaban la sexy curva de su trasero. Unas sandalias negras de tacón la hacían tan alta como él, y llevaba su lustroso y espectacular cabello castaño en una melena desigual que enmarcaba su delicado rostro. No tenía en absoluto el aspecto de una madre de un niño de cuatro años lleno de energía.

–Mi primer instinto cuando supe que estaba embarazada fue decírtelo –dijo ella, manteniendo la mirada fija en él–. Pero como siempre habías dejado claro que no querías tener hijos, supuse que daría lugar a otra desagradable pelea –Sienna alzó los hombros y los dejó caer–. Así que decidí criar a Ethan sola.

¡Así que su hijo se llamaba Ethan!

–¿Y por qué has venido? –preguntó Adam con aspereza, pasando por alto la incomodidad que le causó la parte de verdad que había en las palabras de Sienna.

Aunque siempre dijera que no quería tener hijos, jamás habría dejado desatendido a un hijo o una hija suyos. Les habría dado su amor y habría cambiado su estilo de vida por ellos. O eso creía, a pesar de que en el fondo sabía que habría odiado tener que hacerlo.

–Si no quieres dinero –añadió sin esperar respuesta para evitar pensar en sí mismo–, ¿por qué has decidido contármelo?

El shock no se le había pasado y a pesar de que no bebía, pensó que necesitaba una copa para asimilar la noticia.

–Porque... –empezó Sienna balbuceante, bajando la mirada– Ethan ha estado muy enfermo –alzó la mirada nublada por el dolor–. Estuvo a punto de morir de meningitis, y me di cuenta de que si moría sin que lo conocieras habría cometido una injusticia.

Adam sintió una presión en el pecho y la sangre acelerársele en las venas. ¡Su hijo había estado a punto de morir y él ni siquiera lo había sabido! Cruzó la distancia que lo separaba de Sienna a grandes zancadas y la tomó por los hombros con tanta fuerza que ella hizo una mueca de dolor, pero a Adam le dio lo mismo.

–¿Qué clase de madre eres si eres capaz de negar una figura paterna a tu hijo, y más en un momento como ése? –gruñó–. ¿Está bien?

Sienna asintió con la cabeza, pero en lugar de intentar soltarse se quedó mirándolo con tristeza. Adam vio cómo se formaban unas enormes lágrimas en sus ojos y rodaban por sus mejillas, y mientras una parte de él hubiera querido secárselas con delicadeza, la otra, la que estaba furiosa, habría querido golpearla. Finalmente no hizo ni una cosa ni otra; la soltó, sacó un pañuelo del bolsillo y se lo puso en la mano. Luego dio media vuelta y dirigió la mirada hacia el horizonte de Londres, aunque no veía nada porque estaba cegado por la rabia, la decepción y el descubrimiento de que su hijo había estado a las puertas de la muerte sin él saberlo.

Sintió un nudo en la garganta y un extraño sentimiento que no supo identificar. Habitualmente era un hombre frío, que evitaba las emociones tanto en su vida profesional como en la privada. Y sin embargo, Sienna acababa de hacer una mella en su armadura.

Saber que tenía un hijo ya era lo bastante desconcertante como para además averiguar al mismo tiempo que había estado a punto de morir. No supo cuánto tiempo permaneció en aquella actitud hasta que la voz de Sienna lo sacó de su ensimismamiento. Se volvió hacia ella.

Sus ojos, que a veces parecían turquesas, estaban extremadamente claros.

–Lo siento –dijo en voz apenas perceptible.

–¿Dime una cosa –preguntó él enfurecido–, si mi hijo no se hubiera puesto enfermo, me lo habrías contado?

–No lo sé –respondió Sienna sin apartar los ojos de él–. Sinceramente, no lo sé. Pero por la manera en que estás reaccionando creo que hice lo acertado. Es evidente que sigues sin querer hijos y que el trabajo es lo primero para ti –hizo una pausa, pero Adam no la contradijo. Sienna continuó–: Ethan no habría tenido un padre si me hubiera quedado contigo. Para cuando hubieras vuelto de trabajar, él ya habría estado en la cama; y te habrías marchado antes de que él despertara, y eso no es lo que un niño necesita.

Hizo otra pausa, pero Adam tampoco dijo nada porque sabía que tenía razón. Sienna continuó:

–Sin embargo, creo que debéis conoceros aunque luego sigamos viviendo cada uno nuestra vida.

–En otras palabras –dijo él entre dientes, odiando la imagen de sí mismo que le presentaba por muy verdadera que fuera–, ahora te consideras con derecho a exigirme dinero, tal y como sospechaba.

–¡Maldito seas, Adam Bannerman! Lo único que quiero es que mi hijo sepa lo que es el amor de un padre, pero está claro que me he equivocado –estalló Sienna con ojos centelleantes al tiempo que daba media vuelta sobre sus peligrosos tacones.

Se oyó un crujido al mismo tiempo que Sienna se tambaleó y uno de los tacones salió disparado. Adam se movió con presteza y la sujetó para evitar que se cayera, tomándola en sus brazos y estrechándola contra sí.

Había olvidado la sensación de abrazarla, su delicada fragancia a lluvia de verano que por un momento lo embriagó. Sienna se había transformado en una mujer hermosa y sensual. Adam notó que se excitaba y la separó de sí al instante. Sienna acababa de darle una noticia devastadora y en lugar de odiarla la deseaba. Además, debía evitar que supiera que todavía tenía ese efecto sobre él si no quería que lo utilizara a su favor. Todavía no estaba convencido de que el único motivo de su visita fuera hablarle de la enfermedad de Ethan. Debía haber alguna razón oculta.

Sienna se sintió estúpida por haber roto el tacón y más aún cuanto intentó imaginar cómo volvería a casa. Tendría que llamar un taxi aunque fuera un gasto que no pudiera permitirse. Además, tendría que comprar un par de zapatos nuevos para devolvérselos a su amiga. Y lo peor de todo era la humillación de la escena y haber necesitado que Adam la ayudara.

Le lanzó una mirada furibunda y se quitó la otra sandalia antes de entrar al salón con paso decidido. No pensaba pasar ni un minuto más en su asfixiante presencia.

–¿Dónde crees que vas? –preguntó Adam a su espalda.

–A casa.

–No digas tonterías. No puedes ir descalza.

–¿Prefieres pagarme un taxi? –preguntó ella, airada.

–Puede que sí. O podría llevarte yo mismo y conocer a mi supuesto hijo.

–¿Supuesto? –Sienna dio media vuelta y clavó en él una mirada incendiaria–. Si alguna vez conoces a Ethan, quiero prepararlo. Ni siquiera sabe de tu existencia.

–¿Y quién cree que es su padre?

–No tiene edad para hacer ese tipo de preguntas –dijo Sienna, encogiéndose de hombros, aunque mentía. Ethan había hecho la pregunta en más de una ocasión, pero ella había logrado evitar responderla.

–Puesto que algún día tendrá que saberlo, ¿por qué no ahora mismo? –insistió Adam.

–Porque primero tengo que hablar con él –replicó Sienna, cortante–, y ayudarlo a entender por qué no has formado parte de su vida.

Adam sonrió con cinismo.

–¿Y qué le dirás? ¿Qué su padre ha estado demasiado ocupado ganando dinero? Seguro que le encanta. A la mayoría de la gente le parece una buena idea.

–La mayoría de la gente no sabe la agonía que significa vivir junto a alguien así –dijo Sienna con desdén. Vio una vena palpitar en la sien de Adam y supo que había puesto el dedo en la llaga–. Te agradecería que llamaras un taxi.

Adam cerró los ojos y Sienna supo que se debatía entre hacer lo que le pedía o insistir en llevarla él mismo. Cuando ya creía que iba a tratar de imponerse, Adam tomó el teléfono y dijo algo. Al colgar, se dirigió a ella:

–Mi coche está a tu disposición.

Sienna enarcó las cejas, preguntándose si había algo, aparte de la felicidad de un matrimonio, que el dinero no pudiera comprar. Pero en lugar de hacer un comentario sarcástico, se limitó a darle las gracias.

–Antes de que te marches debemos concertar una cita –dijo entonces Adam. Y Sienna sintió que el corazón se le encogía–. Tenemos que hablar de nuestro hijo y de su futuro.

Sienna estaba segura de que una vez analizara la situación, Adam le haría sugerencias que ella no querría aceptar. A pesar de haber tomado la iniciativa y ser la responsable de haber echado a rodar la bola de nieve, sintió que el aire se le congelaba en los pulmones al pensar en volver a ver a Adam para hablar de Ethan y para que padre e hijo se encontraran.

Pero no tenía más remedio que afrontar las consecuencias. Adam era capaz de sugerir que ambos se mudaran a su casa. O quizá se limitaría a ofrecerles una suma de dinero. Después de todo, dedicaba su vida a ganarlo y encontraba en él la respuesta a todo en la vida.

Por otro lado, era lógico que Ethan reaccionara entusiasmado al conocer a su padre, pero no sería consciente de que no supondría más que una figura distante. Así que le correspondía a ella tomar las decisiones, decidir si debían seguir viviendo como hasta entonces, ofrecer a Adam la posibilidad de verlo ocasionalmente...

–¿Qué propones? –preguntó en tensión, irritada con la pérdida de altura que había provocado la rotura del tacón y que le obligaba a mirar a Adam hacia arriba.

–¿Cenamos mañana?

–Creía que siempre trabajabas hasta tarde –replicó Sienna automáticamente.

Adam esbozó una fría sonrisa.

–Estoy dispuesto a hacer una excepción.

A Sienna le asombró que estuviera dispuesto a hacer un sacrificio como ése, pero estaba segura de que no sería más que una ocasión entre mil y que Ethan pronto se preguntaría dónde estaba el padre que acababa de conocer.

–Está bien –aceptó a regañadientes–. Supongo que debemos resolver algunas cuestiones.

–Te mandaré mi coche.

Sienna alzó las cejas. ¡Ni siquiera se ofrecía a recogerla él mismo! Así podría arrancar algunos minutos más de trabajo. Tuvo la tentación de rechazar la oferta y decirle que no se merecía conocer a su hijo, que sería un fracaso de padre y que se arrepentía de haberlo conocido. Pero no dijo nada.

–A las ocho –añadió Adam–. ¿Hay alguien que pueda cuidar de... Ethan?

La incomodidad con la que pronunció el nombre de su hijo hizo ver a Sienna que la noticia lo había sacudido hasta la médula, y que estaba teniendo que hacer un esfuerzo sobrehumano para asimilar la idea. Una vez más se preguntó si no habría cometido un gravísimo error, pero se limitó a asentir.

–Sí. Una amiga puede quedarse con él.

–Muy bien –dijo Adam con voz ronca–. Entonces, hasta mañana.

En cuestión de segundos, Sienna salía de la propiedad como pasajera de un lujoso Bentley. En el espejo retrovisor podía ver el rostro del impasible chófer e imaginó que se preguntaría quién era y qué relación tenía con su jefe sin aproximarse ni por asomo a la respuesta correcta.

Sienna vivía en el apartamento superior de una casa de dos pisos en las afueras de Londres, un barrio al que suponía que el chófer no solía acudir con frecuencia. Manteniendo la mayor dignidad de que fue capaz, alzó la barbilla y caminó con los zapatos en la mano hasta la puerta.

Una vez dentro, se dejó caer sobre una butaca del salón que, aunque era diminuto en comparación al de Adam, resultaba cómodo y acogedor. Apoyó la cabeza en el respaldo y cerró los ojos con un suspiro. Después del esfuerzo que había tenido que hacer para ir a ver a Adam sentía que no había avanzado nada. Se había enterado de que tenía un hijo y quería conocerlo, pero no se había mostrado precisamente entusiasmado con la idea.

Repasó la conversación mentalmente por si se le había escapado algún detalle, pero sólo recordaba su enfado por no haber sido avisado con anterioridad. Ni siquiera había preguntado sobre Ethan, o le había pedido ver una fotografía. Y lo peor era que tendría que volver a verlo para proporcionarle la información que Adam debía haberle pedido. Suponía que su falta de reflejos se debía al estupor, pero aun así...

El resultado era que tenía que comprarle a su amiga Jo un nuevo par de zapatos. Miró el reloj. Estaría a punto de volver con Ethan. Su amiga no tenía hijos y siempre estaba dispuesta a quedarse con él, incluso las tardes de los domingos.

Como si los hubiera invocado, oyó la puerta abrirse. Ethan corrió a abrazarla y Jo, sonriendo, preguntó:

–¿Qué tal ha ido?

Su amiga vivía en el piso superior. Se habían mudado al mismo tiempo y pronto se habían hecho buenas amigas.

–He roto el tacón de tus sandalias –dijo Sienna con una mueca–. Lo siento.

–¿Qué estabas haciendo? ¿Huir? –preguntó Jo, riendo–. Da lo mismo, eran incomodísimas.

Ethan fue a jugar a su dormitorio y Sienna pudo hablar con franqueza.

–Ha sido espantoso. Adam me ha acusado de querer conseguir su dinero. Incluso ha sugerido que Ethan no era su hijo.

Jo dejó escapar un suave silbido.

–¿De verdad? ¿Qué le has contestado?

–Le he insinuado que podíamos hacer una prueba de ADN.

–¿Y?

–Parece que me ha creído.

–¿Cuál ha sido el acuerdo?

–Hemos quedado a cenar mañana –al ver que Jo arqueaba las cejas con gesto inquisitivo, Sienna añadió–: Estaba en estado de shock. Necesitaba reflexionar. ¿Puedes cuidar de Ethan?

–Claro.

–Tendrías que ver su apartamento, Jo. Es un ático con vistas al Támesis. Su chófer me ha traído a casa en un Bentley.

–¿Cómo es posible que lo dejaras? –bromeó Jo–. Esta vez, atrápalo.

–Es una larga historia. ¿Quieres una taza de té?

Sienna se arregló con especial cuidado para la cena con Adam. Apenas tenía ropa y de hecho, el conjunto con el que había ido a verlo el día anterior eran sus mejores prendas, así que combinó un top negro de tirantes con una falda vaporosa que, aunque tenía muchos años, seguía quedándole bien. Se puso un cinturón plateado y un collar de plata, y unas sandalias negras. Con un toque de carmín y una discreta sombra de ojos se dio por satisfecha justo en el preciso momento en que oyó llegar el coche.

El imperturbable chófer le abrió la puerta, y al ocupar el asiento trasero Sienna, aspiró el lujoso olor a cuero a la vez que se decía que preferiría ir a cualquier parte antes que ha encontrarse de nuevo con Adam, del que esperaba oír más recriminaciones y que insistiera en conocer a Ethan.

Pero para que eso pudiera suceder, Sienna quería llegar a estar cómoda con Adam en primer lugar y que él, a su vez, estuviera relajado. De otra manera, la reunión entre padre e hijo sería tensa, y ella quería que fuera feliz. Quería preparar a Ethan para el encuentro, pero también asegurarse de que Adam lo trataría como un verdadero padre a su hijo, con cariño y buen humor. Y Adam no se caracterizaba por ninguna de las dos cosas.

–Ya hemos llegado, señora –le anunció el chófer, al tiempo que bajaba para abrirle la puerta–. El señor Bannerman la espera en el interior.

Sienna tuvo la tentación de pedirle que la llevara de vuelta a su casa, pero Adam apareció en la puerta del restaurante en ese mismo instante. Estaban en Mayfair, en el corazón del Londres más selecto, donde vivían, compraban y se divertían los más ricos de la ciudad. Sienna se sentía fuera de lugar, pero mantuvo la cabeza alta y clavó su mirada en Adam con decisión. Llevaba un traje gris con camisa blanca, y una corbata gris y roja. Era la viva imagen del hombre de negocios de éxito, mientras que ella se sentía como un familiar pobre.

–Sienna, estás muy guapa. Me alegro de que hayas podido venir.

Sienna pensó que se trataba de dos mentiras, pero no dijo nada. Al salir de casa no se había planteado que fuera a verse en uno de los restaurantes más lujosos de la ciudad y subconscientemente había confiado en que Adam hubiera elegido uno de los locales próximos a su casa.

Aun así, y a pesar de que el escenario la había tomado completamente por sorpresa, sonrió en respuesta a los cumplidos y cuando tomó el brazo que Adam le ofreció, sintió una sacudida eléctrica al entrar en contacto con el hombre del que había estado locamente enamorada en el pasado.

Debía tratarse de un error de percepción. Estaban allí para hablar de Ethan, había llevado fotografías para enseñárselas a Adam, y ella sentía revivir las emociones que solían devorarla.

Haciendo un esfuerzo, logró ahuyentarlas y guardarlas en algún remoto lugar de su cerebro con la esperanza de que no volvieran a aflorar. Estaba dispuesta a actuar educadamente con Adam por el bien de su hijo, pero resistiría cualquier otra tentación que pudiera surgir.

Adam ya le había hecho daño una vez, y no tenía la menor intención de permitir que volviera a hacérselo.

Capítulo 3

ADAM había creído que Sienna se inventaría alguna excusa para no acudir a la cita. La revelación de que tenía un hijo de cuatro años había vuelto su mundo del revés, echando por tierra la promesa que se había hecho de no tener nunca hijos que interfirieran con sus planes.

Después de una noche en vela sopesando las implicaciones, había decidido no acudir al trabajo, algo tan inusual que había alarmado a su secretaria. Su vida iba a verse transformada definitivamente y tendría que hacer un esfuerzo sobrehumano para acostumbrarse.

Al abandonarlo Sienna, se había concentrado en el trabajo con mayor intensidad. Se había enfurecido con ella por no comprender que si trabajaba tanto era para conseguir una buena vida para ambos. Movido por el rencor, se había dedicado a salir con otras mujeres para tratar de olvidarla, pero no lo había conseguido. A pesar de lo que él interpretaba como defectos y de los motivos por los que se había casado con ella, la había echado de menos mucho más de lo que hubiera esperado y había acabado por sentirse culpable por no haberle dedicado la atención que se merecía. Aun así, su ausencia le había otorgado el tiempo y la energía necesarias para construir su imperio sin tener que someterse a sus continuas críticas.

Por eso le costaba creer que hubiera guardado durante tantos años un secreto de aquellas proporciones. ¡Tenía un hijo! ¿Cómo había sido capaz de ocultárselo durante tanto tiémpo?

Apretó los puños para controlar el impulso de rodear su bonito cuello y asfixiarla.

Actuar de padre iba a trastocar su mundo. Su éxito empresarial había superado cualquier expectativa, y él lo había recibido con los brazos abiertos. No necesitaba a nadie porque se sentía el rey del universo.

O al menos se había sentido así hasta aquel momento.

Al mirar a Sienna y percibir lo nerviosa que estaba, se dio cuenta de que tenía que haber hecho un gran acopio de valor para ir a visitarlo el día anterior. El enfado le había impedido apreciar ese aspecto de su actuación, y aunque seguía igual o más enfadado, sabía que tenía que dominarse si quería llegar a algún acuerdo con ella.

—¿Quieres tomar algo antes de cenar?

Sienna no sólo estaba preciosa, sino que olía divinamente, y Adam sintió despertar su deseo por ella. Los tirantes de su top dejaban a la vista la piel aterciopelada de sus hombros, y la vena que palpitaba en la base de su cuello, daba indicios de que estaba extremadamente nerviosa. La curva de sus senos, que asomaba por el escote era como un imán, que atraía sus manos con el ansia de acariciarlos y pellizcar sus pezones hasta endurecerlos. ¡Era una locura! Y todavía lo era más el hecho de que Sienna siguiera siendo su esposa y que, por tanto, tuviera todo el derecho a hacerle el amor a pesar de saber que, por muy tentadora que fuera, era una fruta prohibida.

Había sido un estúpido citándola allí en lugar de en

un aséptico despacho de abogados con una tercera persona que los ayudara a encontrar la mejor salida a la situación.

–No, gracias.

Adam había olvidado la pregunta. El perfume de Sienna le estaba nublando la razón, su proximidad le alteraba los sentidos. Estaba a punto de cometer una tontería, así que se obligó a ignorar el aspecto de Sienna y a recordar que había hecho algo imperdonable. Tanto, que no estaba seguro de poder perdonarla el resto de su vida.

Los acompañaron a su mesa y Sienna se sentó en el borde de su silla, con la espalda muy erguida y la mirada alerta, como si temiera que Adam fuera a anunciarle en cualquier momento que iba a quitarle a Ethan.

Les dieron los menús y ambos fingieron leerlos. Adam descubrió a Sienna mirándolo furtivamente en un par de ocasiones y no pudo evitar sonreír con amargura al darse cuenta de que también ella habría preferido estar en cualquier otro sitio antes que con él.

Una vez pidieron la comida y la bebida, Adam se apoyó en el respaldo de la silla y miró a Sienna.

–¿Podemos hablar?

–¿De Ethan? –preguntó Sienna, consciente de que su voz ronca desvelaba su tensión.

Conocía a Adam como para reconocer en su gesto la furia que todavía sentía hacia ella.

–¿Cómo ha reaccionado al saber que venías a ver a su padre? –preguntó él.

Sienna tragó saliva.

–La verdad es que todavía no le he dicho nada.

Había esperado a encontrar el momento oportuno, pero había ocasiones en que pensaba que nunca se produciría. Estaba segura de que Ethan querría conocer a su padre, que se volvería loco de contento, que asumiría que los tres vivirían felices como una gran familia unida. Y si descubría que Adam era lo bastante rico como para comprarle lo que quisiera, se convertiría en su mejor amigo al instante.

Adam reaccionó exactamente como Sienna había esperado. Sus ojos centellearon, alcanzándola como dardos desde el otro lado de la mesa.

–¿Todavía no se lo has dicho? ¿Por qué no? ¿No me has buscado para que mi hijo y yo nos conociéramos?

Sienna cerró los ojos.

–Me he equivocado. Creía...

–¡No voy permitir que cambies de opinión! No puedes seguir ocultándomelo por más tiempo. Tengo derecho a verlo.

El odio en la voz de Adam la sacudió. Sienna abrió los ojos y la frialdad que descubrió en su mirada le provocó un escalofrío.

–Y lo verás –dijo, molesta consigo mismo al notar que la voz le salía temblorosa cuando más necesitaba mostrarse fuerte. Tomó aire y miró a Adam con la mayor serenidad de que fue capaz–, cuando le haya hablado de ti.

–¿Y eso cuándo va a ser? –preguntó él, cáustico–. ¿Hoy? ¿Mañana? ¿La semana que viene? No me vale, Sienna. No puedes lanzar una bomba de estas proporciones y luego pretender que espere pacientemente. Exijo conocerlo lo antes posible. De hecho, no entiendo por qué no podemos ir ahora mismo a tu casa y...

–¡No! –exclamó Sienna, alzando la voz–. Primero tengo que hablar con él, pero antes de conocerte, tendrá que hacerse a la idea de que tiene un padre. Puede que no le resulte tan sencillo.

–Tampoco lo ha sido para mí –Adam frunció el ceño y entrecerró los ojos hasta que se convirtieron en dos líneas sobre su rostro contorsionado–. Me cuesta aceptar que hayas tardado tanto en decírmelo. No deberías haber superado su enfermedad sola. ¡Por Dios, Sienna, soy su padre, tenías que haberte puesto en contacto conmigo!

Adam tenía razón. Y haberlo tenido a su lado, contar con su fuerza, poder apoyarse en él, habría hecho la enfermedad de Ethan mucho más llevadera. Había sido espantoso llegar a creer que lo perdería, y había pasado horas junto a su lecho diciéndose que Adam merecía saberlo y debía estar al lado de su hijo. El peso de tanto dolor y tanta responsabilidad había sido en ocasiones insoportable.

Aun así, le había costado un esfuerzo sobrehumano acudir en su busca, y la animadversión que Adam le manifestaba no estaba facilitando las cosas en absoluto

La interrupción de un camarero para servirle vino le dio un respiro. Como de costumbre, Adam sólo bebía agua. Alzó la copa a modo de brindis y dijo:

–Por un prometedor futuro.

La tensión podía palparse. Adam la miraba fijamente y Sienna sentía el corazón latiéndole con fuerza contra el pecho. Cuando había acudido a sus oficinas el día anterior no se le había pasado por la imaginación que estarían cenando juntos, bebiendo vino caro, experimentando sensaciones que creía muertas hacía años.

Había sido una ingenua. El amor que había sentido por él en el pasado había sido tan intenso que comenzaba a pensar que tal vez no hubiera llegado a morir nunca. O quizá la atracción que sentía se debía a que el éxito parecía haberse asentado sobre Adam como una capa que le hacía irresistible. O al menos así lo encontrarían algunas mujeres. Ella nunca se había considerado en esa categoría. Pero observando a Adam no podía negar que sentía un fluido recorrerla por dentro, como si oro líquido corriera por sus venas.

–Puede que Ethan necesite tiempo para asimilar que tiene un padre –dijo quedamente. También ella lo necesitaba. Una vez tuviera lugar el encuentro entre padre e hijo, su vida y la de Ethan se verían transformadas.

No quería pensar en el efecto que pudiera tener en Adam. Llevaban tanto tiempo separados, que Sienna sólo era capaz de pensar en Ethan y en sí misma. Era evidente que no estaba en su sano juicio cuando decidió ir en busca de Adam, y que no había medido el trauma personal que iba a causarle. Habría hecho cualquier cosa por retroceder en el tiempo, pero era imposible. Había echado la bola a rodar y no tenía más remedio que enfrentarse a las consecuencias.

Llegó el primer plato y durante unos minutos tuvieron la excusa de comer para permanecer en silencio. Por supuesto, Sienna encontró la vinagreta con espárragos blancos y trufa exquisita, pero era lo menos que podía esperar de un restaurante elegido por Adam. Él y ella se movían en círculos sociales completamente distintos. Él había elegido una vida a la que ella había preferido no pertenecer. Y tampoco tenía especial interés en que Ethan formara parte de ella.

–¿Se parece Ethan a mí?

Sienna suspiró y asintió con la cabeza.

–He traído unas fotografías –abrió su bolso y sacó un sobre que tendió a Adam.

Él contempló las imágenes con parsimonia y gesto concentrado, y Sienna aprovechó para estudiarlo y comprobar cuánto se parecían padre e hijo.

Su adorable Ethan iba a ser la viva imagen de Adam. Alto, devastadoramente atractivo, un conquistador nato. Y ella viviría preocupada hasta ver qué tipo de vida elegía. ¿Sería tan ambicioso como su padre? ¿Serían el éxito y el dinero sus prioridades? ¿Le importarían más que los sentimientos, que las relaciones humanas?

En ocasiones pensaba que Adam nunca la había amado, se preguntaba por qué Adam le había pedido que se casara con él. Su objetivo no era formar una familia, y Sienna temía que no haber deseado nunca tener hijos enturbiara su relación con Ethan.

–¿Puedo quedármelas? –preguntó Adam. Cuando Sienna asintió con la cabeza, añadió–: No se puede negar que es mi hijo.

Aunque pronunció aquellas palabras con calma y sin ningún retintín, Sienna no pudo evitar encolerizarse.

–Si me crees capaz de mentirte es que no me conoces.

–Tienes que entenderlo. Después de todo, has tardado todos estos años en decírmelo.

Sus miradas se cruzaron y Sienna fue la primera en retirarla.

–Me va a encantar conocerlo –continuó Adam. Lo llevaré en mi barco por el Támesis; iremos a mi casa de París...

–¡Adam Bannerman, ni lo sueñes! –estalló Sienna. Sentía la ira explotar en su cerebro en forma de pequeñas bengalas. Si Adam creía que podía usar su dinero para impresionar a Ethan, estaba equivocado–. Lo que Ethan necesita es un paseo por el río, dar de comer a los patos, subir en los columpios. De hecho, bastaría con sentarse contigo en un banco y conocer a su padre para que la experiencia fuera inolvidable. No puedes com-

prar su amor, Adam. Los niños necesitan cariño y atención; hay que hacer pequeñas cosas con ellos. Y si no
lo comprendes, quizá sea mejor que no llegue a conocerte.

–Es demasiado tarde para cambiar de opinión –dijo
Adam mirándola con una severidad que no daba lugar
a dudas sobre sus intenciones: conocería a su hijo lo
quisiera o no su madre.

–En cualquier caso, tenemos que establecer algunas
normas –dijo Sienna, cortante–. No quiero que lo impresiones con tu riqueza antes de que te conozca como
persona.

–Está bien. Cuanto antes se produzca el encuentro,
mejor.

Hablar de su hijo produjo el efecto de aproximarlos
como si los uniera un hilo invisible. Los ojos de Adam
nunca habían estado tan azules ni tan fieros. Sienna sentía que le quemaban sobre la piel.

–¿Tengo que aparecer en tu casa por sorpresa? –preguntó Adam cuando Sienna no contestó a su último comentario.

Sienna sabía que era capaz de hacerlo. Aparecería
sin aviso y ella no sabría qué esperar. Adam no sabía
nada de niños y sin darse cuenta podía abrumar a su
hijo, incluso asustarlo.

–Mañana mismo hablaré con él –prometió–. Pero
necesitará unos días para hacerse a la idea. Te llamaré.

Adam la miró con desconfianza.

–¿Y cuánto tiempo vas a hacerme esperar? Quizá
debería volver hoy mismo contigo y...

–¡No! –gritó Sienna. Y miró a su alrededor alarmada,
temiendo haber llamado la atención de otros comensales.
Al comprobar que nadie la miraba, bajó la voz y conti-

nuó–: Estará durmiendo. Te prometo que se lo diré mañana. Dejaremos que Ethan decida.

–¿Y si no quiere conocerme?

Sienna se encogió de hombros.

–Tendrás que aceptarlo –dijo, pero estaba segura de que Ethan estaría tan entusiasmado que querría conocer a su padre inmediatamente.

–Si crees que ahora que sé que tengo un hijo voy a olvidarlo, estás muy equivocada –Adam miró a Sienna con severidad–. Pero estoy dispuesto a darte un par de días. Después, me presentaré en tu casa –sacó una tarjeta del bolsillo y se la dio–: Esté es mi número de teléfono personal.

El resto de la velada transcurrió en relativa armonía y para cuando Adam sugirió que se fueran, Sienna estaba mucho más relajada de lo que hubiera imaginado al principio de la noche. Adam le había contado anécdotas de su vida laboral, algunas divertidas, otras impactantes, y ella se había acabado la botella de vino.

Así que cuando, al salir, Adam le pasó la mano por la cintura, ella estaba demasiado adormecida y relajada como para reaccionar.

–¿Te he dicho lo guapa que estás, Sienna?

Su voz ronca reverberó por todo el cuerpo de Sienna, despertándola súbitamente y haciendo que se separara de él de un salto. ¿En qué estaba pensando dejando que la tocara?

Sin previo aviso, Adam agachó la cabeza y paralizándola con sus espectaculares ojos azules, posó los labios que Sienna había jurado no volver a besar sobre los de ella, dándole un beso en el que Sienna descubrió que los sentimientos hacia él que creía muertos sólo habían permanecido aletargados.

Su cuerpo pareció despertar como si le hubieran aplicado una descarga eléctrica. Las emociones que creía enterradas se alzaron para abrazarse a aquel beso, invadiendo su cuerpo con un anhelo que no había sentido en años.

Pero dejar que esos sentimientos emergieran era una completa locura. Con ello haría creer a Adam que estaba dispuesta a entrar en una relación sexual, cuando eso era imposible. La había tomado desprevenida, pero no volvería a pasar. ¡Jamás! Aquella época de su vida había terminado. Se comportarían educadamente el uno con el otro por el bien de su hijo, pero nada más. No estaba dispuesta a compartir con Adam ni su vida ni su cama.

Retiró la cabeza y lo miró con ojos encendidos.

—¿Por qué has hecho eso?

Adam sonrió con suficiencia.

—No he podido evitarlo. Estás más guapa que nunca, Sienna. Estoy seguro de que tienes una cola de admiradores esperándote. ¿Hay alguien especial en tu vida?

Sienna estuvo a punto de decirle que sí, pero nunca había sido capaz de mentir a Adam.

—No —dijo con voz queda.

— ¿Y los ha habido?

—No creo que sea de tu incumbencia. Somos libres desde hace años.

—Pero seguimos casados.

—¿Y eso ha impedido que tú salieras con otras mujeres?

—*Touché*.

—Lo mejor será que evitemos ese tipo de preguntas y vayamos a casa.

En el fondo Sienna hubiera querido hacerle un interrogatorio sobre el tema, pero no quería encontrarse en la situación de decirle que en su vida no había habido más hombre que él.

–¿A qué casa?

–Si crees que a la tuya, estás equivocado.

–¿A la tuya?

Sienna sacudió la cabeza con cara de horror.

–¿Estás loco? ¿Dónde está tu chófer?

Adam sonrió.

–Le he dado la noche libre. Te llevaré yo.

Sienna cerró los ojos y respiró para calmarse.

–No hace falta. No quiero que coincidas con Ethan antes de que le hable de ti.

La idea le daba escalofríos. No le costaba imaginar a Adam insistiendo en entrar y ver a su hijo. Y aunque quizá Ethan fuera capaz de asimilar sin dificultad que su padre apareciera de la nada, ella no creía poder soportarlo.

–Si no quieres, no entraré –contestó Adam.

Sienna lo miró de soslayo mientras caminaban hacia un coche deportivo, demasiado pequeño e íntimo para su gusto. Iría sentada al lado de Adam y su corazón latiría con tanta fuerza que él prácticamente podría oírlo y descubriría el poder que seguía teniendo sobre ella.

Cuando Adam le abrió la puerta, ella se deslizó sobre el asiento sin protestar. Que él sonriera la irritó aún más, lo que a su vez hizo que la sonrisa de Adam se ampliara. Era una sonrisa de satisfacción que Sienna habría querido borrar de un bofetón.

Adam se inclinó sobre ella antes de cerrar la puerta, aproximándose mucho más de lo que Sienna habría querido.

–¿Tienes idea de lo guapa que te pones cuando te enfadas? Me dan ganas de besarte de nuevo y sentir tu fuego.

–No creo que te gustara. Es un fuego muy distinto al que conoces –replicó ella, airada.

–¿Estás segura? –Adam no hizo ademán de moverse. De hecho, estaba tan cerca que Sienna podía ver el círculo exterior oscuro de sus ojos, sentir el calor que emanaba de su piel, aspirar el aroma ácido de su colonia...

–Adam, sabes que estoy enfadada contigo por haber organizado este encuentro con la esperanza de volver a casa y conocer a Ethan –dijo finalmente, para salir del estado hipnótico en el que la estaba sumiendo la proximidad de Adam–. Pero te equivocas. No voy a dejarte entrar ni a permitir que perturbes a Ethan.

–Puede que estés enfadada, pero te aseguro que voy a cumplir mi promesa.

Adam seguía sonriendo y Sienna dominó a duras penas el impulso de pegarle.

–Me alegro –dijo con frialdad–. ¿Podemos irnos ya?

Adam se incorporó con una torturadora lentitud y Sienna pudo respirar de nuevo. Al menos hasta que él se sentó tras el volante y el pequeño habitáculo volvió a llenarse de su embriagador aroma y de su apabullante presencia. Sienna cerró los ojos y se preguntó por milésima vez si no habría cometido el mayor error de su vida al contactar con Adam.

Ni en sus peores pesadillas había imaginado que pudiera volver a sentirse atraída por él. El único motivo de buscarlo había sido la convicción de que debía conocer la existencia de Ethan. Esa preocupación la había cegado, igual que años atrás la había cegado el amor que sentía por Adam. Pero al abrir los ojos y descubrir que Adam removía en ella las más profundas emociones, era consciente del peligro que corría. ¿Por qué era tan cruel el destino?

Hicieron el recorrido en un silencio sepulcral. Puesto que Adam no le preguntó su dirección, Sienna supuso que su chófer le había dicho dónde vivía. No le gustaba que viera su casa. El contraste entre el suntuoso ático de Adam y su modesto apartamento era evidente. Cuando Adam detuvo el coche delante de la casa, Sienna contuvo el aliento esperando que hiciera un cometario despectivo, pero Adam se limitó a mirarla prolongadamente con gesto impasible y decir:

–Te doy dos días, Sienna. Si después de dos días no he sabido nada de ti, vendré y te quitaré a nuestro hijo.

Capítulo 4

ADAM sabía que se había equivocado al decir aquellas palabras y que se merecía la mirada de odio que Sienna le había dirigido. Por otro lado, lo cierto era que no estaba en condiciones de ocuparse de un niño de cuatro años las veinticuatro horas del día. Y era absurdo pensar en contratar una niñera cuando Ethan tenía una madre que lo adoraba y que cuidaba de él a la perfección.

En cambio, sí podía proporcionarle un mejor nivel de vida. En cuanto vio la casa en la que Sienna y él vivían, Adam quiso que ambos se mudaran a su casa, pero conocía a Sienna lo suficiente como para saber que le costaría convencerla y que tendría que recurrir a todas sus habilidades de persuasión.

Le costaba imaginar cómo había logrado pasar sola las semanas de la enfermedad de Ethan volviendo tras las largas horas en el hospital a su destartalado piso. Ni siquiera parecía un barrio particularmente seguro, y Adam tenía claro que no quería que su hijo creciera en ese tipo de vecindario.

Seguía sin comprender por qué Sienna había decidido no contarle lo de Ethan hasta entonces, y la mera idea de no haber llegado a saberlo nunca le resultaba devastadora.

Era consciente de que su vida tendría que cambiar dramáticamente una vez se mudaran con él, pero estaba dispuesto a ello. Si todos los hombres que tenían una familia lo hacían, él también podría. ¡Aunque los demás podían adaptarse gradualmente y no descubrían súbitamente que tenían un hijo de cuatro años!

Ése era el escenario que se le presentaba en caso de que Sienna accediese a su sugerencia, pero no le costaba imaginar su rostro adoptando un gesto de determinación, sus preciosos labios apretados y sus ojos entornados a la vez que le decía: «Por encima de mi cadáver».

Sienna era una fuerza de la naturaleza, y si no quería mudarse a su casa, no habría manera de convencerla. Por otro lado, era justa y no le negaría el acceso a Ethan, pero Adam quería más.

¡Quería a su hijo y quería a Sienna!

Hasta aquel mismo instante no había sido consciente de cuánto deseaba a Sienna. Las pocas horas que habían pasado juntos le habían hecho darse cuenta de cuánto la había echado de menos. Ninguna otra mujer la había igualado en la cama, pero hasta ese momento había estado siempre demasiado ocupado como para analizar su vida en común o comparar a Sienna con otras amantes

Su cuerpo reaccionó sintiendo un anhelo casi doloroso por ella. ¡Ethan los volvería a unir! Sólo tenía que tener paciencia y actuar con cautela, evitando que Sienna se sintiera presionada y logrando que creyera que estaba haciéndolo por propia voluntad.

Aquella noche Adam soñó que hacía el amor con Sienna. En el sueño se sentía más excitado, más satisfecho y más pletórico de lo que había estado nunca. Por eso, despertarse y descubrir que estaba solo le supuso una terrible desilusión.

–¿Voy a conocer a mi papá? –preguntó Ethan con ojos abiertos como platos–. ¿Dónde está? ¿Ha venido a buscarme?

Sienna acababa de recogerlo de la guardaría y el niño daba saltos de entusiasmo.

–No, fui a buscarlo yo. Pensé que ya era hora de que os conocierais.

Necesitaba ser lo más sincera posible aunque no le contara los detalles.

Adam la había asustado al amenazar con quitárselo. Había pasado la noche en vela reflexionando, y durante la mañana, mientras Ethan estaba en la guardería, le había dado tantas vueltas a la situación que había acabado mareada.

Ya no había vuelta atrás. Ethan estaba a su lado, tan nervioso que no podía parar quieto. Quería conocer a su padre inmediatamente.

El corazón de Sienna latía aceleradamente. No tenía más que organizar una cita, pero ¿y si a Ethan no le gustaba Adam o viceversa?

–¿Podemos ir ahora mismo a ver a papá?

Sienna se estremeció al ver la facilidad con la que Ethan se refería a su padre como si siempre hubiera sabido que algún día lo conocería. En el pasado, cuando imaginaba la escena, solía pensar que Ethan reaccionaría con mayor timidez y reserva, pero era evidente que se había equivocado. En aquel momento, por el contrario, no le costaba imaginar a Ethan corriendo a abrazar a su padre. Aunque con toda seguridad, el encuentro real sería más pausado, más medido por parte de ambos.

–*Porfa*, mamá, ¿podemos? –preguntó Ethan, tirándola de la mano con expresión suplicante.

–Tu papá está trabajando. Lo llamaré esta noche y quedaremos. Es un hombre muy ocupado.

Pero cuando llamó más tarde a Adam para decirle que Ethan quería verlo y él sugirió ir en aquel mismo momento, se quedó desconcertada.

–¿No estás trabajando? –ni por un segundo había calculado que pudiera estar en su casa.

–He terminando pronto por si acaso–respondió Adam con brusquedad–. ¿Cómo ha reaccionado Ethan?

Sienna respiró profundamente y se alegró de que Adam no pudiera ver su gesto de preocupación.

–Está muy nervioso. Pero no me refería a esta misma noche; es demasiado pronto.

–Sienna –dijo Adam con severidad–, si mi hijo quiere conocerme, hagámoslo lo antes posible. Enviaré mi coche.

–¡No! –gritó Sienna y se irritó consigo misma por su falta de control–. Sería más adecuado que tú vinieras aquí. No quiero que Ethan se sienta apabullado. Ya va a ser bastante shock conocerte como para que además descubra lo rico que eres.

–¿Consideras mi riqueza obscena?

Adam habló con rabia y Sienna pudo imaginar sus ojos brillando de ira.

–Ya que tú has elegido esa palabra, la respuesta es «sí». El mundo de Ethan es muy distinto. Quiero que le impactes tú, no tu dinero. Te convertirías en su héroe si supiera que puedes comprarle cualquier cosa que desee. Nosotros contamos cada céntimo Adam. Quiero que crezca sabiendo que el dinero tiene que ganarse, ¿lo comprendes?

–¿Insinúas que yo no me he ganado el mío? Maldita sea, Sienna, he trabajado mucho para alcanzar esta posición. Nadie me ha regalado nada. Admiro los principios que intentas inculcar a Ethan, pero...

Sienna lo interrumpió:

–Creo que lo mejor sería que...

–Llegaré en media hora.

Adam colgó antes de que Sienna pudiera protestar. Cuando dejó el auricular, se dio cuenta de que Ethan estaba detrás de ella.

–¿Papá tiene mucho dinero?

–Ethan, no deberías haber estado escuchando.

–¿Pero es rico o no, mamá?

–Eso no tiene importancia.

–¿Va a venir a verme?

Sienna asintió lentamente y abrazó a su hijo.

–Pero no se quedará mucho tiempo porque es casi la hora de acostarse, ¿entendido?

Ethan asintió y se chupó el pulgar, algo que no hacía desde hacía mucho tiempo y que ponía de manifiesto su nerviosismo por ir a conocer a su padre.

Ethan estaba mirando por la ventana cuando Adam aparcó el coche frente a la casa.

–¡*Guau*! –exclamó–. ¿Es él, mamá? ¡Menudo coche!

Sienna suspiró a ver que se trataba del deportivo con el que la había llevado a casa el día anterior. Menos mal que le había pedido discreción. Pronto, toda la calle se habría fijado en él... tal y como estaba sucediendo en ese instante cuando un grupo de jóvenes se acercó a admirarlo.

Vio a Adam charlando con ellos y dándoles un billete

y pensó en la escena de una película en la que el protagonista pagaba para que le vigilaran el coche. Aquélla no era la imagen que había querido que Ethan tuviera de su padre. Tal vez habría sido más adecuado ir a visitarlo, pero ya era demasiado tarde para arrepentirse. Sonó el timbre y aunque Sienna sabía que la única razón de que Adam estuviera allí era Ethan, no pudo evitar ir a abrir con el corazón palpitante.

Adam vestía un jersey de algodón y vaqueros y Sienna le agradeció mentalmente que tuviera el detalle de no aparecer en un intimidante traje. Una miríada de sensaciones le recorrió el cuerpo al verlo, y para dominarlas tuvo que tensarse. ¿Por qué tenía que ser el hombre más sexy del mundo? ¿Por qué seguía sintiendo algo por él? Llevaba años convencida de que había logrado matar sus sentimientos por él y había bastado una mirada de aquellos espectaculares ojos azules para hacerlos revivir. Pero estaba decidida a no admitirlo, ni siquiera a sí misma, y a convencerse de que hacía todo aquello por Ethan y que sus sentimientos no jugaban ningún papel en todo ello.

–Será mejor que pases, estás causando mucha expectación –dijo Sienna, apartándose para dejarle entrar.

La puerta daba directamente al salón, pero Ethan había desaparecido, probablemente dominado por un súbito ataque de timidez.

Adam pasó a su lado y al aspirar su aroma, Sienna sintió su cuerpo despertar. Como acto reflejo, apretó los puños.

–¿Estás de acuerdo con esto? –preguntó él mirándola fijamente. Sienna se preguntó si verdaderamente le importaba lo que sintiera, pero se limitó a asentir con la cabeza–. ¿Y Ethan?

–Está ansioso por conocerte. Supongo que eres consciente de que lo hago por él.

La forma en que Adam la miró le dejó claro que era consciente de que si hubiera sido por ella, no habrían vuelto a verse.

–¿Dónde está? –preguntó Adam.

Miró a su alrededor y Sienna supuso que comparaba su propio apartamento con aquél de reducidas dimensiones y demasiado lleno de muebles viejos. Instintivamente, alzó la barbilla en un gesto desafiante.

Antes de que contestara, Ethan asomó por la puerta de su dormitorio y con extrema lentitud entró en el salón sin apartar los ojos de Adam.

–¿De verdad eres mi papá? –preguntó con asombro.

–Desde luego que sí –Adam se puso en cuclillas para quedar a su altura y Sienna contuvo el aliento.

Eran como dos gotas de agua. Al ver a Ethan acercarse a su padre la embargó una emoción que le agarrotó la garganta y pensó que había cometido un error al no decirle a Adam que estaba embarazada y ser por tanto culpable de que se hubiera perdido los primeros y maravillosos años de su vida. El sentimiento de culpabilidad se intensificó aún más al ver el rostro de Ethan súbitamente iluminarse con una gran sonrisa.

–Siempre he querido saber cómo sería mi papá.

–¿Y qué te parece?

Ethan asintió con la cabeza como si de nuevo hubiera enmudecido, hasta que de pronto, dijo:

–¿Tienes mucho dinero?

Adam miró a Sienna, que frunció el ceño enfadada consigo misma por no haber evitado que Ethan oyera la conversación.

–Ahora que te conozco soy millonario, Ethan –dijo Adam, abriendo los brazos.

Tras un leve titubeo, Ethan se cobijó en ellos con confianza. Parecía haber evaluado a Adam y aprobado lo que veía, aunque Sienna suponía que habría sucedido lo mismo con cualquier hombre que se hubiera presentado como su padre. Lo único que podía ella hacer a partir de ese momento era confiar en que Adam no lo decepcionara o que no creyera que podía comprar el amor de su hijo con caros regalos.

–¿Podemos, mamá?

Sienna se dio cuenta de que mientras reflexionaba, Ethan y Adam habían estado hablando.

–¿Si podemos qué, cariño?

–¿Podemos ir a casa de papá?

–No me refería a ahora mismo –dijo Adam precipitadamente al ver que Sienna torcía el gesto–. Quizá el fin de semana.

–Es demasiado pronto –replicó Sienna–. Por el momento, puedes venir a vernos. O podemos salir a pasear.

Por cómo la miró, Sienna supuso que Adam pensaba que estaba poniendo trabas innecesarias, pero se mantuvo firme.

–Tienes que conocer a tu hijo antes de impresionarlo con tu estilo de vida.

–Pero si es sólo un niño... No notaría la diferencia.

Sienna enarcó las cejas.

–¿Tú crees? Creo que será mejor que lo discutamos en otro momento.

Adam comprendió que ésa era una conversación a mantener entre ellos dos y durante la siguiente media hora se dedicó a jugar con Ethan, que lo arrastró a su dormitorio para enseñarle sus juguetes. A Sienna le sorprendió lo bien que Adam se portó con Ethan y lo cómodo que parecía estar tirado por el suelo, jugando con sus coches de carreras y organizando batallas. Hasta que decidió que era tarde.

–Siento interrumpiros, pero es hora de ir a la cama, Ethan –anunció, apareciendo en el umbral y cruzándose de brazos en actitud mucho más relajada de lo que había estado inicialmente.

Adam alborotó el cabello de Ethan.

–A la cama. Me lo he pasado muy bien, Ethan. Repetiremos pronto.

–¿Puedes acostarme tú? –preguntó Ethan en tono lastimero.

Adam miró a Sienna y dedujo que para ser el primer encuentro, ya había pasado suficiente tiempo con su hijo.

–Mejor otra noche.

–¿Vendrás mañana?

Adam no necesitó mirar a Sienna en aquella ocasión para percibir su desaprobación.

–Si mamá está de acuerdo, puede que quedemos el fin de semana.

–Sí, *porfa*, sí. Podemos ir a los columpios.

–Ya veremos –intervino Sienna–. Ahora, recoge la habitación.

–¿Puede ayudarme papá?

–Papá tiene que marcharse –dijo ella con determinación.

–Pero volveré –dijo Adam–. Buenas noches, hijo.

–Adiós, papá.

Ethan corrió hacia él y se abrazó a sus piernas, y Adam sintió una emoción desconocida. Una mezcla de orgullo y amor que amenazó con ahogarlo, y que, por otro lado, reavivó su enfado con Sienna por haberle ocultado la existencia de Ethan.

En cuanto llegaron al salón y se aseguró de que la puerta del dormitorio del niño estaba cerrada, se lo dijo:

–Quiero recuperar los años que me he perdido –exclamó. Aunque evitó decirle que en cuanto vio cuánto se parecían se había sentido culpable por insinuar que Sienna estuviera mintiendo respecto a su paternidad.

–Tendrás que ser paciente –dijo ella con dulzura–. Podrías apabullarlo.

–A mí me parece que se ha tomado la situación con mucha naturalidad y que me ha aceptado inmediatamente.

¿Qué pretendía Sienna? ¿Limitar sus visitas? Ethan era su hijo y pensaba verlo siempre que quisiera.

Sienna estaba preciosa con los ojos encendidos y el rostro acalorado. Adam estaba furioso con ella y al mismo tiempo ansiaba besarla. Fue hacia ella con paso decidido, pero Sienna debió intuir sus intenciones porque se desplazó hacia la puerta y posó la mano sobre el picaporte.

–¡Maldita sea, Sienna, no voy a marcharme hasta que hablemos!

–Tengo que acostar a Ethan –dijo ella a su vez, lanzándole dardos con la mirada.

–Es un niño encantador, Sienna. Está claro que has sido una buena madre. Pero necesita un padre –tras una pausa Adam añadió–: Deberíais mudaros a vivir conmigo en cuanto sea posible.

Sienna abrió los ojos como platos con cara de incredulidad.

–Me temo que a Ethan le desilusionaría ver que te pasas el día trabajando.

–Puedo cambiar.

Sienna exhaló un suspiro de desdén.

–¿Con tus antecedentes? No olvides que mi padre era como tú, que trabajaba todo el día y apenas lo veía. Por eso mi madre se divorció de él. No quiero que Ethan pase por eso. Prefiero que no tenga padre a que tenga uno que no le preste atención.

Adam podía sentir la rabia de Sienna, y pensó que nunca la había encontrado tan hermosa. Quería abrazarla y besarla hasta hacerle perder el sentido. ¿Qué pasaría si lo hacía? ¿Mejoraría o empeoraría las cosas? Temió que sucediera lo segundo.

–Puedo aprender a delegar.

–¿Por qué iba a creerte si jamás lo hiciste por mí a pesar de mis súplicas? –preguntó Sienna con escepticismo.

–Porque las circunstancias son distintas –Adam tomó aire para calmarse y evitar la confrontación–. Ahora que he alcanzado una buena posición puedo tomarme tiempo libre.

Sienna alzó la cabeza con gesto airado.

–Salvar nuestro matrimonio no te pareció suficientemente importante, pero lo harías por Ethan. ¿Te imaginas lo que eso me hace sentir?

Adam apretó los puños.

–Sienna, Ethan es un niño fantástico y quiero llegar a conocerlo mejor, pero también quiero que tú formes parte de mi vida.

La respuesta de Sienna fue un destello de sus ojos azules. Adam había confiado en que comprendiera que era lo más lógico, pero con aquella mirada le quiso decir que ni lo soñara. Sin embargo, él no se daba fácilmente por vencido.

–Buenas noches, Adam.

Fue precisamente la determinación con la que Sienna se despidió lo que hizo que Adam no pudiera reprimir el impulso de besarla. Y en cuanto sus labios tocaron los de ella y probó su sabor, no pudo contenerse y la abrazó con fuerza a la vez que profundizaba el beso con un hambre devoradora.

Sienna sintió que se quedaba sin aire mientras se preguntaba qué hacía consintiendo que Adam la besara. Y peor aún, queriendo devolverle el beso, sintiendo que su cuerpo dominaba su mente y se entregaba al abrazo de Adam como si tuviera voluntad propia, a la vez que recordaba los besos de su luna de miel que siempre acababan en sesiones de apasionado sexo.

Al llegar a ese punto se obligó a detenerse. Era demasiado peligroso. No podía arriesgarse a volver a sufrir el dolor de la ausencia de Adam. Y no podía arriesgarse a exponer a Ethan a lo mismo.

En aquel momento su padre era su nuevo ídolo, pero si Adam lo decepcionaba empezarían las discusiones y las lágrimas y la historia se repetiría.

Con una fuerza nacida de la desesperación, empujó a Adam.

—¡Esto no forma parte del acuerdo!

—¡Cómo puedes negarte algo que deseas tanto! —le cuestionó él con dulzura, aunque Sienna vio una dureza en su mirada que la asustó.

—No lo deseo —replicó ella alzando la voz—. Sólo quiero que mi hijo conozca a su padre. No quiero nada para mí misma.

Adam arqueó las cejas con escepticismo.

—¿No coincide la felicidad de Ethan con la tuya? ¿No formáis un «paquete»?

—Ésa no era mi intención cuando fui a buscarte.

Pero por más que quisiera negarlo, no podía controlar su cuerpo.

Cuando conoció a Adam y se enamoró de él, había sentido un caleidoscopio de sensaciones del que no había podido escapar. Ni siquiera cuando lo abandonó. Y le había llevado todos aquellos años llegar a creer que ya no lo amaba.

Pero de pronto aparecía de nuevo en su vida y sus besos volvían a despertarla. Y sabía que sólo una gran fuerza de voluntad impediría que se entregara a él.

—Entonces tendremos que ver qué pasa —dijo Adam con un peculiar brillo en los ojos, mientras abría la puerta y salía.

Sienna cerró tras él precipitadamente, posando una mano sobre su acelerado corazón al tiempo que no podía evitar la curiosidad de mirar por la ventana.

Adam bromeaba con los chicos que habían cuidado de su coche, y les dio otro billete.

Sienna sacudió la cabeza. Ganaba mucho dinero, pero no significaba nada para él.

Era evidente que se había equivocado al ir en su busca. Y que su vida y la de Ethan se verían transformadas.

Capítulo 5

ETHAN despertó a Sienna saltando en su cama.

—Despierta, mamá, despierta.

Ella abrió los ojos con dificultad. Estaba soñando con la pelea que había acabado su matrimonio con Adam. La recordaba con tanta nitidez que era capaz de repetirla palabra por palabra:

—Es absurdo que trabajes tantas horas. No lo aguanto más. Si no cambias, voy a dejarte.

Adam se había enfurecido.

—¿Cómo puedes criticarme cuando lo hago por ti?

—¿Por mí? Adam, a mí me daría lo mismo que no tuviéramos ni un céntimo. No es más que una excusa. Lo estás haciendo por ti mismo.

Recordaba su cuerpo en tensión, los ojos irritados por la rabia. Habían tenido aquella discusión docenas de veces sin que hubiera servido nunca de nada.

—No te favorece ponerte como una loca.

—Ni a ti tratarme con indiferencia. Creo que no me amas.

Cuando Adam no había contestado, Sienna había salido de la habitación enfurecida. Al día siguiente había hecho sus maletas y se había marchado de casa.

—Ethan, mamá está cansada. Vuelve a la cama.

El sueño la había perturbado y necesitaba unos minutos para recuperarse. Su matrimonio había sido agitado y se había sentido aliviada al abandonarlo. Pero Adam había aparecido de nuevo en su vida e iba a volverla del revés.

¿Y si, igual que había sido un marido ausente, era también un padre ausente?

No logró librarse de esa duda, que empezó a afianzarse cuando pasaron varios días sin recibir una llamada de Adam.

Ethan preguntaba insistentemente por él.

–Tu padre es un hombre muy ocupado –le contestaba ella–. Tiene una gran empresa de la que ocuparse.

–Pero quiero volver a verlo.

–Y lo verás, pero tienes que esperar a que tenga tiempo.

Sienna odiaba darle esas explicaciones, pero eran la verdad. Era típico de Adam no encontrar ni siquiera el tiempo suficiente para llamar por teléfono.

Por eso la tomó completamente por sorpresa cuando el viernes se presentó a la puerta de su casa proponiendo que pasaran el fin de semana con él. Sienna se enfureció. ¿No le había dicho ya que era demasiado pronto para eso?

–No me parece una buena idea. Si quieres podemos ir mañana a pasar el día; o quedar para dar un paseo o...

–*Porfa*, mami, quiero conocer la casa de papá.

Sienna no se había dado cuenta de que Ethan estaba detrás de ella, y aunque su intuición le decía que debía rechazar la oferta vio el rostro expectante de su hijo y no fue capaz de desilusionarlo.

Si Adam hubiera llamado para consultárselo, habría podido evitarlo, pero se había presentado sin aviso precisamente para impedir que reaccionara.

–Habría preferido que me llamaras –dijo con ojos

centelleantes, reprimiendo el impulso de cerrarle la puerta en las narices y dejándole pasar civilizadamente por Ethan.

–No quería arriesgarme a que me dijeras que «no».

–Por eso mismo.

–Pero ahora que has accedido, será mejor que hagas la maleta y nos vayamos.

Aún más irritada por la expresión de satisfacción de Adam, Sienna le lanzó otra mirada iracunda, y sin mediar palabra, fue a su dormitorio con paso firme. Hizo una bolsa de viaje con sus cosas y las de Ethan y volvió.

Adam decidió ignorar su mirada de resentimiento y se limitó a sonreír. Ethan, por su parte, no paraba de dar saltitos de entusiasmo.

El Bentley de Adam los esperaba en la puerta con el chófer apoyado en un lateral. Ethan lo miró boquiabierto y se quedó mudo una vez sentado en el interior, entre ellos dos, mientras lo miraba todo con perplejidad.

A Sienna, que le preocupaba la reacción de su hijo, le alegró que le sirviera de barrera entre Adam y ella. A pesar de estar furiosa con él, no podía evitar sentir una llama en su interior que se resistía a apagarse. Después de haber soñado con él y recordando los malos momentos, se había jurado no volver a sentirse atraída por él. Pero parecía incapaz de evitarlo.

¿Cómo iba a evitarlo si seguía siendo irresistiblemente guapo? Ya en la primera ocasión que lo vio supo que era el hombre con el que quería casarse, y en realidad nunca había dejado de estar enamorada de él.

¿Sería verdad? ¿Todavía lo amaba? La respuesta, desafortunadamente, era que sí, aunque jamás lo admitiría. Por más que lo amara, sabía que Adam no cambiaría. Quizá lo lograría durante unas semanas si se esforzaba, pero inevitablemente acabaría recuperando sus malos hábitos. ¿Qué harían entonces Ethan y ella?

Adam intentaría convencerlos de que se mudaran a vivir con él, y aunque la oferta fuera tentadora, no podía aceptarla. Adam sólo la utilizaría para conseguir a su hijo, y ella no quería ser un mero instrumento para que él alcanzara su objetivo.

Tenía que mantener la mente clara, impedir que el entusiasmo de Ethan o las galanterías de Adam le hicieran cambiar de idea.

Al ver la reacción de Ethan cuando llegaron a la casa de Adam, cómo abría los ojos al traspasar la verja de acceso y la expresión de su rostro mientras subían en el ascensor, tuvo la certeza de que, tal y como había intuido, su hijo estaba maravillado y podía ser fácilmente embaucado por el bienestar que Adam podía proporcionarle.

Pero Adam no tenía ni idea del efecto que aquellas primeras impresiones podían causar en su hijo y no paraba de sonreír a Sienna como si creyera estar demostrándole lo buen padre que podía ser.

Sienna se quedó sin habla al ver la cantidad de juguetes que había reunido en una de las habitaciones para Ethan.

–¿Adam, qué estás haciendo? –preguntó fuera de sí cuando Ethan no podía oírla–. ¿Pretendes comprar su amor? Habría sido igual de feliz con un tambor o una pelota.

–Necesito recuperar el tiempo perdido.

–Si crees que la respuesta es gastar dinero, estás equivocado. Él te quiere a ti, no tu dinero. Creía que había quedado claro.

Adam estaba demostrando que sus temores no eran en balde. Estaba usando su riqueza para impresionar a Ethan.

—¿Sabes que te pones muy sexy cuando te enfadas?

Sienna le lanzó una mirada de odio a la vez que todo su cuerpo se ponía en tensión.

—No estamos hablando ni de ti ni de mí.

Adam siguió mirándola como si el sonido de sus palabras no le llegara.

—Tienes unos ojos increíbles. Me cuentan lo que tu voz calla. Y en este momento sé que te estás preguntando si voy a volver a besarte.

Sienna lo miro despectivamente.

—Camelándome no vas a conseguir que cambie de opinión sobre cómo debe ser tu relación con Ethan. No se trata de que compres, sino de que ganes su afecto. Ethan no quiere coches de lujo ni casas en las que se nota que nunca ha entrado un niño. Él quiere la compañía de un padre. ¿Estás seguro de poder proporcionársela?

Cuando Sienna concluyó su parrafada, se había quedado sin aliento, pero Adam parecía no haberla oído o haber elegido no escucharla. Sin que Sienna se diera cuenta, se había aproximado a ella y la observaba con los ojos entornados, y Sienna supo que si no se alejaba de él, estaba perdida. ¿Cómo no iba a sucumbir a sus besos si aun sintiéndose furiosa su cuerpo la traicionaba, si sabía que aquel hombre podía arrastrarla a una montaña rusa de sensaciones? ¡Y qué sensaciones!

Incluso en actitud desafiante, poniendo todo su empeño en mostrarse firme, tenía la impresión de que el tiempo no había transcurrido. Deseaba los besos de Adam, su cuerpo clamaba por estar en sus brazos y sin embargo, su mente le advertía de que si se dejaba llevar, estaría cometiendo un espantoso error. Un error del que se arrepentiría el resto de su vida.

¿Pero escuchó sus propios consejos? ¡No! Cuando Adam se inclinó y pudo ver cada una de sus largas pestañas individualmente y oír su aliento, y observó un destello en sus ojos, fue demasiado tarde.

Una mano cálida la sujetó por la nuca y unos ojos en cuya profundidad había querido perderse en el pasado la quemaron con una pregunta muda para la que no esperaron respuesta. El corazón de Sienna marcó un ritmo primitivo, despertándola con cada uno de sus compases. Y cuando Adam se apoderó de sus labios, Sienna estaba lista para recibirlos. Fue como una lluvia ansiada tras una tarde de sofocante calor, como agua en el desierto. Alimentó sus deseos más ocultos y Sienna lo devolvió con toda su alma.

Ethan los interrumpió al entrar en la habitación para mostrar a su padre un barco de juguete. No pareció sorprenderle que sus padres se besaran y se limitó a tirar de la manga de Adam.

—Papá, tengo un barco igual que éste en casa.

Ruborizada, Sienna se alegró de que a su hijo le pareciera tan natural que se besaran, pero le sirvió para recordar que debía pasar el menor tiempo posible con Adam.

—¡Qué suerte tienes! —dijo Adam, al que no pareció molestar la interrupción aunque miró a Sienna como diciéndole que seguirían en otra ocasión—. ¿Y sabes una cosa? Yo tengo uno de verdad.

—¿Puedo verlo? ¿Puedo subirme en él? ¿Podemos ir ahora?

—¡Ethan! —lo amonestó Sienna—. Eres demasiado pequeño.

–Pero mamá, si sé nadar...

–Ya lo sé. Pero no es lo mismo nadar en una piscina que en el río. Sigue jugando.

Ethan la miró desilusionado, pero obedeció y en cuanto no pudo oírla, Sienna se volvió hacia Adam.

–No deberías habérselo dicho. ¿No te he pedido que dejes de exhibir tu riqueza?

–¿Y tú no te das cuenta de que lo va a saber más tarde o más temprano? –preguntó Adam, airado.

–Puede ser, pero todavía es demasiado pronto. Sólo tiene cuatro años y no comprende bien las cosas.

–Por eso mismo no tienes de qué preocuparte. Y ahora recuérdame, qué estábamos haciendo antes de ser interrumpidos.

Adam esbozó una sonrisa seductora al tiempo que se acercaba a ella, pero Sienna se alejó con celeridad.

–Es hora de que Ethan se bañe y se acueste –dijo, confiando en sonar convincente.

Con anterioridad, Adam le había enseñado los dormitorios; uno con dos camas pequeñas para Ethan y otro con una cama doble. Ambos tenían cuarto de baño propio y estaban comunicadas por un vestidor.

A Ethan le impresionó tener un cuarto de baño para él solo y Sienna pensó que le costaría dormirse en una cama extraña, pero tras convencer a su padre de que le leyera un cuento, cayó rendido.

Inicialmente, Adam pareció incómodo, pero pronto se relajó e incluso puso voces a los personajes.

–Gracias –dijo Sienna–. A Ethan le encanta que le lean.

–Es un gran chico. Lo has educado muy bien, Sienna –dijo él en un tono grave que encendió las alarmas en Sienna. Las cosas estaban sucediendo demasiado deprisa. Apenas hacía unos días que le había dicho que tenía un hijo y ya estaban pasando el fin de semana en su casa–. Lo único que lamento es no haber sabido antes de su existencia.

Sienna se mordió la lengua para no decirle que para eso debía haberle dedicado más tiempo a ella y menos a su trabajo.

–Pero pienso ganar el tiempo perdido –añadió él.

Sienna le lanzó una mirada amenazadora.

–¡Ethan sólo quiere tu amor!

–¿Y tú qué quieres, Sienna?

Por cómo habló y cómo la miró, Sienna supo que tenía que ser cauta.

–Sólo quiero que Ethan sea feliz. No quiero que se encariñe contigo y que tú desaparezcas.

–¿Crees que haría algo así? –preguntó él con gesto arrogante.

–A mí me abandonaste y destruiste nuestro matrimonio.

–Porque nunca me comprendiste. Había un motivo por el que yo...

–El caso es que me desatendiste. Y si haces lo mismo con Ethan me encargaré personalmente de que te arrepientas el resto de tu vida.

–Hay una manera de asegurarte que pase el mayor tiempo posible con él.

Sienna sintió que el corazón se le aceleraba.

–¿Cuál?

–Mudaros a vivir conmigo.

–Ni lo sueñes. Ya lo he probado y no pienso repetir. Además, no puedes enjaular a Ethan en un apartamento.

–Puedo comprar una casa con jardín. Problema resuelto –concluyó Adam, cruzándose de brazos.

Sienna se dio cuenta de que Adam creía de verdad que las cosas eran así de sencillas porque no era consciente de que el problema ya no era Ethan, sino ellos dos y su relación. Era innegable que seguía habiendo una fuerte atracción entre ellos, y si empezaban a pasar cada vez más tiempo juntos por Ethan, Sienna estaba segura de que acabaría compartiendo la cama de Adam. Pero la vida era mucho más que hacer el amor. Adam podía jurar que cambiaría sus hábitos, pero ella sabía bien que una cosa eran las palabras y otra muy distinta los hechos.

Adam disfrutaba con el estrés del trabajo. Era lo más importante en su vida, más que su mujer; más de lo que llegaría a ser su hijo al que convertiría en su coartada, diciendo que lo hacía por él, para proporcionarle un futuro.

Con todo el dinero que había ganado no necesitaba volver a trabajar, pero el trabajo era su primer amor y Ethan y ella siempre ocuparían un pobre segundo puesto.

–Lo mejor será que vayamos paso a paso, Adam. Esto es una novedad para Ethan, pero...

–Pero temes que le desilusione porque no confías en mí –dijo él con aspereza.

Sienna lo miró impasible.

–Tengo motivos para desconfiar.

–También tienes motivos para recordar cómo hacíamos el amor –dijo Adam, cambiando súbitamente de tono y dando un paso hacia ella.

Sienna contuvo el aliento pensando en lo fácil que sería fundirse sus brazos, dejar que la besara hasta perder el sentido y que la llevara a su suntuosa cama. El beso que habían compartido con anterioridad le había recordado el poder que Adam ejercía sobre ella, y el hecho de que no había disminuido un ápice la fuerza de esa atracción. Era como una sacudida eléctrica que la recorriera de arriba abajo y que exigía ser alimentada con más besos. Era una locura, pero estaba segura de que si la tocaba, no sería capaz de resistirse, sino que se entregaría a él como una brasa que volviera a prender en llamas.

–Estás hablando del pasado, Adam. Ahora la situación es distinta –dijo, consiguiendo mantener la voz estable.

Los labios de Adam se curvaron en una sonrisa burlona.

–Es una lástima. Hace tiempo que no comparto mi cama con nadie –al ver la mirada de incredulidad de Sienna, añadió–: ¿Creías que después de ti había habido muchas? Te equivocas. No voy a negar que haya salido con alguna, pero ninguna ha venido aquí. Éste es mi refugio..., sólo estoy dispuesto a compartirlo contigo.

–Me temo que debo declinar la oferta –dijo Sienna, mirándolo fijamente.

–¿Hay alguna manera de persuadirte? –preguntó él. Y dio otro paso hacia ella.

Sienna cerró los ojos para defenderse de sí misma e ignorar el calor y el aroma que emanaban de Adam. Súbitamente sintió sus brazos rodeándola y sus labios apretados contra los de ella. Sin poder hablar ni moverse, incapaz de contener la ola de deseo que la inundó, Sienna permaneció con los ojos cerrados mientras se concedía el placer de sentir la fuerza de Adam y experimentar el torbellino de sensaciones que despertaba en ella.

A pesar de todo, aun en contra de su voluntad, habría querido pasar la noche en sus brazos, compartir su cama, hacer el amor apasionadamente con él. Adam

siempre había sido un amante imaginativo, pero estaba
segura de que con los años habría mejorado y que podría arrastrarla a lugares que ella nunca había visitado.
Y su cuerpo clamaba por dejarse llevar.

–¿Qué me contestas, Sienna? –Adam separó sus labios de los de ella y Sienna se sintió abandonada.

Abrió los ojos bruscamente y se dio cuenta de que
aquel beso le había hecho olvidar la realidad.

Si Adam seguía besándola y logrando que su cuerpo
ardiera con un anhelo que sólo podría verse saciado haciendo el amor, la respuesta tenía que ser que sí. Pero
si lo que Adam pretendía era seducirla con la única intención de tener acceso a su hijo, estaría actuando estú-
pidamente. No pensaba permitir que Adam la utilizara.

Se apartó de él cambiando la mirada de pasión por
una de hostilidad.

–Necesito que me revisen el cerebro –masculló.

¿Cómo había permitido que la besara? No debía olvidar que Adam tenía intenciones ocultas y que, si no
tenía cuidado, terminaría siendo una muñeca de trapo
en sus manos.

Adam la desconcertó al soltar una cruel carcajada y
mirarla con expresión inescrutable a la vez que decía:

–¿Tomamos una copa en la terraza?

Sienna habría querido estar en cualquier parte menos
allí. Adam acababa de ponerla a prueba y de humillarla,
pero no tenía dónde escapar. Se había comprometido a
pasar el fin de semana con él y no tenía más remedio
que cumplir su palabra.

Capítulo 6

SIENNA decidió dormir en la habitación de Ethan para sentirse más segura y defenderse del constante asalto a sus sentidos que significaba Adam.

Había sido una auténtica locura permitirle entrever la debilidad que seguía sintiendo por él, así que tendría que hacer lo posible para que no volviera a ocurrir. De otra manera, Adam acabaría arrastrándola a su cama, y no porque la amara, sino porque quería a Ethan y era consciente de que no podía tenerlos por separado.

Después de desayunar pasearon a lo largo del río, dieron de comer a los patos y comieron en un restaurante a la orilla del río. Y Ethan no paró de cotorrear.

Sienna tuvo que reconoce que Adam se portaba muy bien con él. Charlaba con él y le dedicaba toda su atención, sin que en ninguno momento mencionara nada que hiciera referencia su dinero.

Sólo cuando volvieron al apartamento y Ethan fue a jugar a su dormitorio, se encontraron a solas.

Adam había descubierto a lo largo del día el placer que era estar con Ethan, la felicidad de tener un hijo, un ser de su propia sangre. Y que Sienna le hubiera privado de él durante tanto tiempo volvió a despertar su resentimiento.

—Lo he pasado muy bien con Ethan; más de lo que habría podido imaginar –dijo sin intentar ocultar su enfado–. Nunca te perdonaré que hayas tardado tanto en hablarme de él.

–Puede que tengas razón pero, ¿recuerdas cómo era por aquel entonces nuestro matrimonio, Adam? ¿Cómo habrías reaccionado si llego a decirte que estaba embarazada? –Sienna frunció el ceño–. No hace falta que respondas; lo haré yo por ti. Te abrías puesto furioso y me habrías echado la culpa diciendo que no estabas preparado para ser padre. Tampoco lo estabas para estar casado.

–Puede que no –admitió él, ignorando la punzada de culpabilidad que sintió–. Pero lo cierto es que me he perdido los primeros años de la vida de Ethan. No le he visto dar sus primeros pasos, ni pronunciar sus primeras palabras ni he sido testigo de ninguno de esos encantadores momentos en la vida de un niño.

–¿Encantadores momentos? –repitió Sienna, rabiosa–. ¿Desde cuándo valoras los «momentos encantadores»? Nunca has tenido tiempo para nadie, Adam Bannerman. Ni siquiera para mí.

–Si es así, ¿cómo es que concebimos un hijo?

Sienna lo miró con desdén.

–Porque como todos los hombres, hay algo de lo que no puedes prescindir. Pero estate tranquilo, Adam: no volverá a suceder.

Su actitud desafiante, su gesto altivo, provocaron en Adam las ganas de volver a besarla. Y aunque supo que debía reprimirse, no pudo dejar de pensar en ello. Con los años, Sienna se había convertido en una mujer espectacular, con una seguridad en sí misma añadida que la hacía extremadamente atractiva. A Adam le encantaba la forma en que alzaba la barbilla y lo miraba con expresión retadora. Sólo mirarla bastaba para que se excitara.

Había cometido un error al proponer que pasaran el fin de semana con él. Lo había hecho para conocer a Ethan, pero había subestimado el poder de atracción que Sienna ejercía sobre él.

Ni por un instante había imaginado sentirse así.

Al saber de la existencia de Ethan se había enfurecido de tal manera con ella que habría sido capaz de estrangularla. Y aunque siguiera enfadado, tras pasar un tiempo con ella empezaba a preguntarse cómo había podido ser tan estúpido dejándola marchar.

Sienna era mucho más de lo que nunca hubiera imaginado. Más guapa, más valiente, más todo.

En lugar de esperar la respuesta de Adam, Sienna salió a la terraza y se quedó contemplando la vista del Támesis a la vez que decía:

–¿Por qué no vas a jugar con tu hijo?

Habría dado cualquier cosa porque su cuerpo tuviera el sosiego que transmitían los veleros que navegaban en el horizonte. No lograba olvidar el beso que se habían dado. Había sido una locura consentirlo, aunque no debía olvidarlo para tener presente el peligro que Adam representaba.

La voz de Adam en su oído le hizo dar un salto. ¿Habría caminado hacia ella sigilosamente a propósito? ¿Pretendía tomarla desprevenida? Sienna se volvió bruscamente y se encontró atrapada entre sus brazos. Sin necesidad de tan siquiera rozarla, la había hecho prisionera al posar las manos sobre la barandilla, a ambos lados de su cuerpo.

Sin embargo, no necesitaba tocarla para que todo su cuerpo reaccionara a su proximidad, acelerándole el pulso, sintiendo que la inundaba una oleada de calor.

–¿Qué crees que estás haciendo? –preguntó en estado de shock–. Ethan puede...

–Está dormido. Creo que el paseo lo ha agotado. Se ha quedado dormido en el suelo y lo he metido en la cama.

–Será mejor que vaya a verlo –Sienna intentó apartar a Adam, pero esté la sujetó por la muñeca–. Está perfectamente, Sienna. Te preocupas demasiado.

¿Que se preocupaba demasiado? ¿Qué pensaba que hacían las madres?

–¿Cómo te atreves a decirme si debo o no preocuparme cuando no sabes nada de niños, cuando he pasado los últimos cuatros años cuidando de él, preocupándome por él; cuando pasé días enteros junto a su cama sin saber si sobreviviría? Porque si Ethan llega a morir, Adam, yo me habría muerto. Así que no me digas que no me preocupe.

El rostro de Adam se endureció como si estuviera tallado en piedra.

–No tenías por qué haber estado sola –dijo con frialdad–. Podrías haberme avisado para compartir tus miedos conmigo. ¡Habría acudido al instante, maldita sea!

Sienna no conseguía imaginarlo abandonando su trabajo para pasar horas sentado en el hospital. Sus ojos, que a veces eran incandescentes la observaban acusadores, y su mano la sujetaba como una banda de acero.

A Adam no le importaba ella en absoluto. Podía salir de aquella casa en aquel mismo momento y a él le sería completamente indiferente. Sólo quería a Ethan.

Retorció el brazo y logró soltarse. Fue al cuarto de Ethan y se quedó parada al verlo dormir apaciblemente en medio de la cama. Parecía un ángel con su cabello oscuro revuelto, un brazo extendido y la otra mano bajo la mejilla. Y Sienna sintió que el corazón se le henchía de amor por él.

–¿Estás más tranquila? –preguntó Adam a su espalda en un susurro carente de la agresividad de unos minutos atrás.

Sienna se giró tan rápidamente que estuvo a punto de tropezar con él, y se limitó a asentir porque temió que la voz le fallara. Luego salió de la habitación seguida por Adam.

–Hemos creado un niño excepcional.

–Sí –fue todo lo que pudo decir Sienna.

–Pero necesita un padre y una madre.

Sienna sintió la sangre hervirle en las venas y cuando habló, sus palabras resonaron con fiereza:

–Adam, tenemos que hacer este proceso gradualmente. En este momento, Ethan está entusiasmado contigo. Pero ya verás lo que pasa cuando quiera verte o contarte algo y compruebe que nunca estás disponible.

–Ni siquiera me das la oportunidad de demostrarte que no será así –dijo Adam con una acritud que no contribuyó a calmar a Sienna.

–Si crees que este fin de semana va a repetirse, ya puedes ir cambiando de idea. Se ha convertido en una pesadilla.

–No estoy de acuerdo contigo –dijo Adam con un rictus y un brillo en los ojos de total seguridad en sí mismo.

Sienna habría querido abofetearlo.

–Supongo que es cuestión de opiniones.

La fría mirada de Adam la amenazó con luchar hasta el final si lo que pretendía era impedir que viera a su hijo, y Sienna sintió que le recorría un escalofrío por la espalda que le alcanzaba las manos congelándola de los pies a la cabeza. No ignoraba que Adam tenía derechos como padre, pero aun así...

Dio media vuelta y salió de la habitación, dando la

espalda al hombre que le había roto el corazón en el pasado y que parecía decidido a volver a rompérselo.

Habría dado cualquier cosa por huir, pero se sentía prisionera en aquel impersonal y moderno apartamento donde todavía tendría que pasar un día más.

El domingo transcurrió de forma parecida. Sienna había dormido con Ethan y en aquel momento se encontraban en la gran noria de Londres, el *London Eye*. Señaló a Ethan la catedral de San Pablo, el Big Ben y las Casas del Parlamento. Pero el niño estaba más interesado en el Támesis.

–¡Mira, papá, barcos! –gritó, señalando en la distancia–. ¿Cuál es el tuyo?

–El que está más lejos –contestó Adam, guiñando un ojo a Sienna–. ¿Lo ves?

–Creo que sí –dijo Ethan entrecerrando los ojos y poniendo toda su atención.

Sienna sabía que el niño no dejaría de hablar del barco de Adam y que no pararía hasta verlo en persona y montarse en él. Pero eso no sucedería otro día. En cuanto bajaran de la noria y almorzaran, volverían a casa. Estaba decidida a ello.

Pero las cosas no sucedieron tal y como planeó.

Comieron en un restaurante a la orilla del río, cerca del apartamento de Adam, y éste insistió en enseñarles sus oficinas a continuación.

Sienna no podía negar que sentía curiosidad. Ni siquiera cuando vivían juntos había ido a verlo a su despacho. Adam nunca la había invitado y ella nuca lo había sugerido. Así que supuso que si por fin quería mostrárselo era porque quería impresionarla. Y no se equivocó al suponer que sería moderno y tendría la última tecnología.

Las oficinas ya no estaban en la dirección que solía ocupar cuando se casaron. Puesto que había llegado a la cima de su carrera, también sus oficinas estaban en lo alto de un exclusivo edificio desde el que se contemplaba una impresionante vista de Londres.

Todo funcionaba pulsando botones, y Ethan se encontró al instante como pez en el agua. Los espejos de las paredes se transformaban en pantallas para videoconferencias, pantallas de ordenadores salían de los escritorios. Parecía el escenario de una película de ciencia ficción.

–Es muy bonito –comentó Sienna por cortesía.

–¿Es eso todo lo que se te ocurre decir?

Sienna se encogió de hombros.

–¿Qué quieres que diga? Tu riqueza no me impresionaba en el pasado y tampoco ahora. Yo sólo quería un hombre que me amara, que me considerara más importante que su trabajo. Si quieres que te diga la verdad, creo que eres más feliz casado con tu trabajo de lo que nunca lo fuiste conmigo.

–¿Y por qué nunca me has pedido el divorcio?

Sienna se encogió de hombros una vez más. La pregunta tenía sentido, y ella misma se la había hecho más de una vez.

–No lo necesitaba. No ha habido ningún otro hombre en mi vida.

Adam arqueó las cejas.

–¿Y qué solías contestar cuando te preguntaban por tu marido?

A Sienna le habría gustado poder decir que le había contado a todo el mundo que lo había abandonado porque su único amor era el trabajo; o que el amor entre ellos se había agotado; o que Adam era el peor marido del mundo. Pero no había dicho nada de eso.

–Me limitaba a decir que las cosas no habían salido bien.

Adam frunció el ceño como si hubiera esperado una explicación más detallada. Sienna continuó:

–No me gusta airear mi vida privada en público. ¿Qué contabas tú? ¿Que no te comprendía, que no aprobaba tu obsesión por el trabajo?

–Algo así –admitió Adam–. ¡Ethan!

Habían estado tan absortos discutiendo que no habían visto a Ethan subirse a una silla, y sólo se dieron cuenta cuando, al caerse de espaldas, se golpeó la cabeza en el suelo.

Sienna dio un grito al tiempo que Adam se precipitaba a recogerlo. Al ver sangre, ella estuvo a punto de desmayarse y ni siquiera se dio cuenta de que Adam pedía una ambulancia. Ella, mientras tanto, abrazaba a Ethan y le tapaba la herida con un pañuelo para contener la hemorragia. Luego Adam se agachó a su lado y acarició el cabello del niño, calmándolo cuando gemía diciendo que le dolía la cabeza.

En la ambulancia, Ethan devolvió en un par de ocasiones, y en cuanto entraron en el hospital, lo llevaron a una sala donde volvió a devolver. Sienna no dejó de apretar el pañuelo contra la herida ni de hablarle para que no se durmiera por temor a que sufriera una conmoción cerebral.

–¿Dónde están los médicos? –preguntó, angustiada, una y otra vez.

–Estarán ocupados –contestaba Adam, esforzándose por parecer tranquilo a pesar de que no dejaba de echarse en cara haberse distraído mientras Ethan jugaba en su despacho.

Una enfermera llegó y les dijo que hacían lo correcto al mantener a Ethan despierto.

–El médico vendrá enseguida.

–¿No puedes hacer nada? –preguntó Sienna enfadada a Adam al ver que pasaban varios minutos sin que apareciera nadie.

–Relájate, Sienna –contestó él–. Estamos en el mejor hospital de la ciudad, y si pensaran que lo que tiene es grave ya habrían venido. Tenemos que tener paciencia.

–¿Cómo voy a tener paciencia cuando mi hijo se ha abierto la cabeza?

–Estoy seguro de que es menos grave de lo que parece –dijo Adam, intentando tranquilizarla.

En ese momento apareció un médico y tras examinar a Ethan exhaustivamente dijo que no había ningún daño importante.

–Necesitará algunos puntos, claro está, pero podrán volver con él a casa. Despiértenlo cada dos horas para evitar una conmoción, pero por los demás, no tienen de qué preocuparse.

Cuando salieron del hospital les esperaba el coche de Adam.

–Vamos a mi casa –dijo Adam con determinación–. Yo estoy tan preocupado como tú y además, me siento responsable. Os podéis quedar hasta que se recupere. Yo me tomaré algunos días libres para ayudarte a cuidarlo.

Sienna no daba crédito a lo que oía. ¿Habría servido aquel accidente para convencer a Adam que ser esposo y padre era tan importante como hacerse rico? De ser así, tendría que creer en los milagros, pero, en cualquier caso, prefería llevar a Ethan a su cama.

–Gracias por la oferta, pero será mejor que vayamos a casa. Ethan estará más cómodo en un lugar que le resulte familiar.

Para su sorpresa, Adam no discutió.

–Tienes razón, por supuesto.

Pero su pequeña victoria quedó neutralizada cuando llegaron a su apartamento y Adam anunció que pensaba quedarse a pasar la noche.

–¿No esperarás que, dadas las circunstancias, me marche?

Sienna sintió pánico.

–No ha sido culpa tuya. No hace falta que te quedes. No es la primera vez que se hace una herida.

–Pero estoy seguro de que ninguna ha sido tan seria. Además, es mi hijo y quiero estar con él –la mirada de Adam le indicó que no merecía la pena discutir.

Sienna se sintió invadida por el temor. Adam querría controlarlo todo, ocuparía cada milímetro de su pequeño apartamento y lo que era aun peor, plantearía el problema de dónde dormir. El sofá no era adecuado para un hombre de su altura, y ella no estaba dispuesta a compartir su cama. Como mucho, le podía ofrecer un saco para dormir en el suelo. Y con un poco de suerte, Adam lo encontraría tan incómodo que optaría por irse a su casa.

Pero eso sí que sería un milagro. Sienna conocía lo testarudo que Adam podía llegar a ser. Ésa era una de las características que le había convertido en un hombre de éxito y lo que determinaría el futuro de Ethan e incluso el suyo.

Al anunciarle que tenía un hijo, Sienna había confiado en que se conformaría con ser un padre a tiempo parcial y no que querría jugar un papel central en su vida.

Ethan estaba disfrutando de ser el centro de atención e insistió en que su padre lo acostara. Mientras Adam le leía un cuento, Sienna se sentó en la cama y sujetó la mano de Ethan.

Adam jamás se había imaginado que pudiera disfrutar de una escena tan hogareña. La experiencia de tener a Ethan en su apartamento era muy distinta a la de estar en su medio, rodeado de todos sus juguetes y de los objetos que llevaban el sello de su personalidad.

A pesar de que apenas lo conocía, Adam se sentía orgulloso de él. Y no recordaba haber pasado en su vida un momento tan espantoso como el de su accidente, del que se sentía plenamente responsable.

Durante la visita al hospital se había acordado de una ocasión en la que lo habían ingresado por una posible fractura de tobillo que finalmente no había sido más que un mal esguince. Sus padres no se habían separado de él y Adam comprendía por primera vez la angustia que habían pasado.

–Fin –cerró el libro y miró a Ethan, que se había quedado dormido.

Salieron sigilosamente del dormitorio y Sienna fue a la cocina a preparar café mientras Adam la esperaba en el salón para no atosigarla en el reducido espacio.

Conocer la existencia de Ethan había representado un punto de inflexión en su vida. Como lo era el hecho de que estuviera allí. ¿Quién le habría dicho hacía apenas unos días que pasaría la noche en un destartalado y diminuto piso? Había trabajado sin descanso durante años para elevarse sobre la vulgaridad y había conseguido llegar a la cima de su profesión. Sin embargo, no recordaba haberse sentido tan feliz en toda su vida.

Y todo, por Ethan y Sienna.

No podía consentir que siguieran viviendo en aquella casa en un barrio que no parecía seguro. No había bromeado cuando dijo que compraría una casa con jardín. Incluso había llamado a un agente inmobiliario amigo suyo para que empezara a buscar.

Todavía no se lo había dicho a Sienna porque confiaba en que sería mejor planteárselo una vez encontrara el lugar adecuado. Ella se merecía algo mucho mejor de lo que tenía.

–Pareces cansada –le dijo cuando ella entró con las tazas de café y las dejó sobre una mesa.

Sienna asintió. Estaba cansada de cómo actuaba Adam, de que se comportara como si nunca hubieran estado separados, y de que Ethan, inevitablemente, contribuyera a unirlos.

Se sentó frente a Adam, que seguía cada uno de sus movimientos. La forma en que cruzaba las piernas, la manera en que se retiraba el cabello del rostro, la forma en la que se inclinaba para tomar la taza y la sujetaba como si le sirviera de escudo.

Adam no encajaba en aquel espacio. A Sienna no se le había pasado por la cabeza que fuera a quedarse y sin embargo, allí estaba y parecía imposible librarse de él.

–Ethan es muy valiente, ¿verdad?

Sienna asintió.

–Siempre lo ha sido. Reacciona a las heridas con la misma indiferencia que si se tratara de gotas de lluvia.

Con la indiferencia que ella quería sentir hacia Adam.

El aire del salón estaba tan cargado que apenas podía respirar. En el espacioso apartamento de Adam no había sentido que se asfixiara, mientras que en el suyo, se sentía atrapada.

–No me importa reconocer que he sentido pánico

cuando se ha caído. ¿Qué habríamos hecho si llega a pasarle algo, Sienna?

Sienna lo miró con expresión de angustia.

–No vale la pena pensar en ello. Ethan lo es todo para mí. Lo quiero tanto que casi me hace daño.

–Supongo que eres consciente de que si llego a saber que estabas embarazada no te habría dejado marchar.

–Puede que no. Pero el caso es que sucedió así y no podemos cambiar el pasado.

–Los niños necesitan un padre y una madre. Y no tendrías que haber pasado el trago de su enfermedad tú sola. ¡Ojalá me hubieras avisado!

Sienna no estaba segura de que eso hubiera mejorado la situación, pero era consciente de que Adam estaba verdaderamente afectado por el accidente de Ethan. Le había dado una idea de lo que ella había pasado mientras su hijo estaba gravemente enfermo.

–Los dos hemos madurado mucho desde que nos separamos –dijo–. No creo que hubieses disfrutado de un bebé. Probablemente habríamos discutido incluso más que hasta entonces.

Adam no dijo nada, pero Sienna creyó ver en su mirada que le daba la razón.

–Ahora tengo que compensaros a ambos –dijo él–. Tú ya has sufrido bastante sola. Desde ahora, quiero quitarte ese peso de encima.

Sienna no supo exactamente qué sucedía, pero de pronto la taza desapareció de su mano y se encontró de pie, abrazada a Adam. Sin poder evitarlo, apoyó la cabeza en su pecho y los ojos se le llenaron e lágrimas. Cuando él le tomó la barbilla para que alzara la cabeza y vio sus mejillas húmedas, dejó escapar un quejido al tiempo que la abrazaba con más fuerza.

–Llora, Sienna, llora. Has sido muy valiente, pero ahora puedes relajarte.

Le acarició el cabello y le besó la frente igual que había hecho a Ethan cuando se cayó. Pero en lugar del beso de un padre, Sienna supo que era el de un amante y ya no tenía fuerzas para resistirse ni para detener a Adam. Era demasiado reconfortante sentirse protegida por alguien tan fuerte como él. Los cinco años previos lo había hecho todo sola. Había sido la fuerte, la resolutiva. De pronto, parecía haber alcanzado un punto en el que se sentía incapaz de seguir adelante.

–Creo que quiero ir a la cama –susurró. Y al darse cuenta de lo que acababa de decir, se apresuró a añadir–: Sola.

Si seguía abrazada a Adam iba a derretirse, acabaría cediendo a los impulsos que la asaltaban; impulsos peligrosos y a los que no debía dar cobijo en su corazón.

–Si eso es lo que quieres...

–Sabes que sí, Adam.

–¿Y yo dónde voy a dormir?

–En el suelo o en el sofá, donde quieras –Sienna se separó de él–. En esta casa sólo hay dos camas, la de Ethan y la mía. Tengo un saco de dormir que puedes usar.

–¡Qué alegría!

Su tono burlón hizo sonreír a Sienna.

–Ya conocías el piso cuando te invitaste a venir. No puedes echarme la culpa.

–¿Es que no tienes corazón, Sienna? ¿No puedo persuadirte para que me dejes compartir tu cama? Después de lo que hemos pasado hoy, ¿no tienes compasión de mí?

La expresión de su rostro le recordó tanto a Sienna

a Ethan cuando intentaba engatusarla para conseguir lo que quería, que no pudo evitar soltar una carcajada.

Y Adam aprovechó la oportunidad que se le brindaba.

De un solo movimiento, la tomó en brazos y se encaminó con ella hacia su dormitorio, dejando que los cafés se enfriaran en las tazas. Y Sienna ya sólo pensó en el calor que el cuerpo de Adam le trasmitía.

Capítulo 7

ADAM, esto no está bien. Ethan nos necesita –dijo Sienna.

–No te vas a escapar con tanta facilidad –dijo Adam, sonriendo–. Puesto que tenemos que despertarlo cada dos horas y no debemos dormirnos, es mejor que estemos entretenidos.

Sus besos se hicieron cada vez más exigentes, más ansiosos, como si llevara todo el día esperando aquel momento. ¡Aunque ninguno de los dos había calculado que el día acabaría de aquella manera!

Con un suspiro, Sienna se entregó a aquellos mágicos y ardientes besos. Los sentimientos que llevaban años enterrados, afloraron como un ave alzando el vuelo, y Sienna no protestó cuando Adam empezó a desnudarla. Él fue besando cada milímetro de piel que quedaba al descubierto; sus hombros sus brazos, el hueco en la base de la garganta.

Sienna sentía su cuerpo vibrar, como si aquel hombre se hubiera apoderado de él y ella no pudiera hacer nada para impedirlo. Tenía la sensación de reencontrarse con algo que llevaba años añorando. ¡Y sólo era el principio!

Cuando Adam se concentró en sus senos, los acarició con manos expertas y luego mordisqueó sus pezones, creyó que su cuerpo ardería en llamas.

Sin darse cuenta de los gemidos que escapaban de su garganta, asió con fuerza los hombros de Adam y clavó las uñas en su piel. Quería más de aquel hombre que en el pasado había sido toda su vida y que conseguía excitarla más que ningún otro en el mundo.

Un rastro de besos hacia su ombligo la hizo retorcerse de placer, y cuando Adam le quitó los pantalones junto con las braguitas de encaje de un solo movimiento, se sintió más libre de lo que había sido nunca.

Se reclinó sobre las almohadas y cerró los ojos mientras, abriendo las piernas involuntariamente, Adam continuaba su curso, usando los dedos para apartar el vello oscuro que cubría su núcleo femenino.

Oyó a Adam gemir con satisfacción una y otra vez al tiempo que sustituía los dedos con su lengua y alcanzaba la parte caliente y húmeda que anhelaba ser tocada.

Involuntariamente, Sienna alzó las caderas ofreciéndose a él, como si le entregara un regalo nacido de la desesperación. Adam había desenterrado sus emociones, la había devuelto a la vida, y ella ya no podría seguir adelante si no hacían el amor.

Adam la llevó hasta el límite con sus dedos y su lengua.

—No me tortures más, Adam —gimió ella, clavándole las uñas en la espalda—. Hazme el amor.

Ni siquiera fue consciente de pronunciar aquellas palabras, sólo supo que si Adam no actuaba, ella tomaría la iniciativa.

Pero no hizo falta. En cuestión de segundos, Adam, obedeciéndola, se había quitado la ropa, y el mundo de Sienna estalló. Hacer el amor en el pasado había sido siempre maravilloso, pero nunca sublime. El tiempo había convertido a Adam en un maestro de lo que las mujeres necesitaban.

Cuando yacían saciados, extenuados, Adam la estrechó con fuerza y le acarició el cabello, diciéndole sin palabras que él había experimentado la misma intensidad.

Pero cuando sus cuerpos se sosegaron, Sienna comenzó a cuestionarse lo que acababa de suceder. Por más excepcional que hubiera sido el sexo no comprendía cómo había consentido que sucediera. Ni siquiera habían usado protección y el que Adam fuera mejor amante que en el pasado la perturbó, haciéndole pensar en las numerosas amantes que debía haber tenido.

Para consolarse, se dijo que quizá ella había estado más receptiva, que por unos minutos había conseguido olvidar los malos tiempos, que se había rendido pasajeramente al hecho de que sólo Adam pudiera excitarla hasta aquel punto. De hecho, sentía su cuerpo despertar de nuevo, listo para un nuevo asalto a sus sentidos.

Pero no lo permitiría. Acababa de defraudarse a sí misma y no consentiría que volviera a pasar por muy excepcional e increíble que hubiera sido.

Adam relajó la mano con la que la abrazaba y Sienna supo que se había quedado dormido. Con un gruñido de satisfacción se acomodó a su lado, y Sienna se preguntó si estaría soñando con lo que acababa de ocurrir, y si se sentiría tan saciado como ella, aunque sin el sentimiento de culpa.

Ella sabía bien que Adam nunca se arrepentía de nada de lo que hacía. Todas sus acciones eran deliberadas, tanto en la vida como en los negocios.

No podía culparse más que a sí misma por haber cedido con tanta facilidad, por demostrarle que le bastaría chasquear los dedos para tenerla.

Un calor de una naturaleza muy distinta la invadió, obligándola a separarse de él como si le diera asco y a hacerse un ovillo mientras exhalaba un suspiro de irritación y se juraba que nunca más dejaría que la tocara.

–¿Sienna? ¿Qué te pasa?

Así que no estaba dormido...

–Lo que hemos hecho está mal –susurró con rabia–. Tú nunca me has amado, ¿verdad, Adam?

Por fin hacía la pregunta que la había obsesionado desde el día que lo abandonó.

Adam se incorporó y la miró fijamente unos segundos mientras parecía reflexionar sobre cómo contestar. Cuando lo hizo, su respuesta no fue la que Sienna esperaba.

–Tienes razón: nunca te amé.

Sienna se quedó en estado de shock a pesar de que era la confirmación de lo que siempre había sospechado. Antes de que ella dijera nada, Adam continuó:

–Me gustabas muchísimo, Sienna, pero... –buscó las palabras adecuadas–. No sé cómo explicarlo... tengo miedo a amar. Hace muchos años me hice la promesa de que nunca amaría a nadie.

Sienna no comprendía nada. Le lanzó una mirada herida y preguntó:

–Entonces, ¿por qué me pediste que me casara contigo? ¿Por qué me hiciste creer que el nuestro era un matrimonio por amor? Ahora comprendo que no funcionara. ¿De qué tienes miedo?

Sienna no salía de su perplejidad. Adam exhaló un prolongado suspiro.

–Mi padre adoraba a mi madre. Cuando ella murió, perdió el control de su vida, se transformó en una persona irascible y se dio a la bebida.

Sienna se tapó la boca con la mano y abrió los ojos desmesuradamente. Había conocido al padre de Adam y sabía que tenía problemas con la bebida, pero nunca había conocido el origen de su problema. Saber que era la muerte de su esposa la ayudó a comprender que Adam ni hubiera querido hablar antes de ello.

—¿Es ésa la causa de que nunca bebas alcohol?

Adam asintió con expresión de tristeza.

—Entonces pensé que si perder a la persona amada podía causar tanto dolor, lo mejor era no amar.

¡Así que Adam no la había amado nunca ni llegaría a amarla! Saberlo dejó a Sienna desorientada y deprimida. A pesar de su fuerte personalidad y de ser capaz de hacer el amor espectacularmente, Adam no podría amarla nunca. Y lo peor era saber que ella seguía amándolo, y que Adam no la dejaría marchar a causa de Ethan.

—Lo siento por ti y por tu padre —susurró—. No sabía que ésa fuera la razón de su alcoholismo.

—No tenías por qué saberlo —dijo él con brusquedad, levantándose de la cama—. No es algo que me guste proclamar a los cuatro vientos. Mi padre se convirtió en un motivo de vergüenza, un hombre triste y borracho. Su muerte fue un alivio.

—¿Y cómo reaccionó tu abuelo?

Sienna sabía que Adam y él no se llevaban demasiado bien. Les había oído discutir antes de la boda y a partir de ese momento Adam no había vuelto a mencionar su nombre.

Adam la miró con frialdad.

—Preferiría no hablar de él.

Sienna asintió. Era evidente que aquellos recuerdos le resultaban extremadamente dolorosos.

–¿Quieres ir a despertar a Ethan y asegurarte de que está bien? –dijo, convencida de que necesitaba hacer algo que lo ayudara a ahuyentarlos.

El rostro de Adam se suavizó al instante en un esbozo de sonrisa. Se puso los calzoncillos y salió.

Sienna se quedó pensando en lo que acababa de contarle. Ella sólo había visto al padre de Adam un par de veces y sus problemas con el alcohol eran evidentes. Ella se había preguntado en más de una ocasión por qué Adam no lo animaba a buscar ayuda profesional, pero siempre había pensado que era un tema delicado y no lo había mencionado. Probablemente lo había intentado originalmente, pero había acabado dándose por vencido.

¡Y todo por amor!

Aunque le resultara extraño, en cierta forma comprendía que Adam hubiera renunciado a amar, aunque eso no significaba que compartiera su decisión.

–Mamá –Ethan parecía un herido de guerra cuando Adam entró con él en el dormitorio–. Papá dice que soy muy valiente.

–Y lo eres, cariño –dijo ella, sonriendo.

–Y también dice papá que mañana podemos ir en su barco.

Sienna frunció el ceño y miró a Adam, que se encogió de hombros con cara de inocencia.

–¿Ah, sí? –dijo ella–. ¿Y el colegio?

Adam respondió por Ethan.

–Pensaba que Ethan se merecía un premio por haber sido tan valiente.

Por más enfadada que estuviera, Sienna se dio cuenta de que no era el momento de protestar y dejó la discusión con Adam para más adelante.

–De todas formas, no iba a llevarlo al colegio, así que me parece bien. Pero tendrás que ser muy cuidadoso.

–¿Y su madre? ¿También lo disfrutará? –dijo Adam.

Sienna no contestó. Nunca se le había pasado por la cabeza que algún día fuera a ir en barco por el Támesis, y de no haber sufrido Ethan el accidente, habría retrasado la ocasión de hacerlo.

–¿Tú no tienes que ir a trabajar? –preguntó ella a su vez.

Él se encogió de hombros.

–Puedo tomarme unos cuantos días libres.

¡Algo que jamás había hecho por ella porque nunca la había amado!

¿Por qué entonces se había casado con ella? ¿Por qué había querido tener una esposa? Sienna había querido preguntárselo, pero tendría que esperar a otro momento.

–Creo que Ethan debe volver a la cama –comentó.

–Quiero dormir con papá y mamá –pidió el niño.

Como no fue capaz de negarle el capricho, Ethan se acomodó entre ellos con una sonrisa; y aunque Sienna pensó que no se dormiría después de lo que acababa de suceder entre ella y Adam, lo cierto fue que cuando se despertó era de día y estaba sola en la cama.

Había soñado que volvían a hacer el amor. Estaba sudorosa y jadeante, y su primer pensamiento fue pensar que era una estúpida y que estaba actuando equivocadamente al permitir que Adam fuera estrechando el círculo a su alrededor.

Una cosa era que Ethan mereciera conocer a su padre y pasar tiempo con él, pero lo que Adam pretendía era que vivieran juntos, y ella no lo veía factible porque estaba segura de que no lograría olvidar la cruda verdad que Adam le había desvelado la noche anterior.

Al oír charlar a Ethan y a Adam en la cocina, fue al cuarto de baño. Se duchó y se puso unos vaqueros y una camiseta con el dibujo de un corazón roto, para ver si Adam captaba la indirecta.

A pesar de su tristeza, sin embargo, no pudo evitar sonreír cuando entró en la cocina y vio que Ethan estaba poniendo la mesa mientras Adam batía unos huevos. Creaban una escena completamente hogareña y Sienna se preguntó cuándo habría aprendido Adam a cocinar. Él, tras observar su camiseta, le lanzó una mirada inquisitiva, pero no dijo nada.

Después de desayunar, Sienna fregó y se ocupó de Ethan mientras Adam se duchaba. Cuando hubo acabado, el chófer se presentó como por arte de magia para llevarlos al embarcadero.

En cuanto vio el barco, Ethan se puso a saltar de alegría. Sienna temía que un exceso de estímulos perjudicara su recuperación, pero el niño ni siquiera había vuelto a hacer referencia a los puntos, así que asumió que no le molestaban. Por si acaso, intentó que se calmara al tiempo que admiraba en silencio la belleza del barco.

Mientras tanto, Adam disfrutaba del protagonismo que le daba estar en su medio y dar órdenes, dejando que Ethan se sentara entre sus piernas y creyera manejar el timón. Pero en ningún momento desatendió a Sienna, sino que la incluyó constantemente en la conversación y le dirigió penetrantes miradas cargadas de mudas promesas que, a su pesar, la hacían estremecer. No quería sentir. No quería que aquel hombre volviera a tener un papel protagonista en su vida, y menos cuando se comportaba como si la salida natural de la situación en que se encontraba fuera que se convirtieran en una familia convencional.

Era evidente que estaba comportándose lo mejor posible para que ella accediera, pero no era consciente de que la admisión de que nunca la había amado había sido devastadora para ella. Significaba que sólo estaba interesado en Ethan, pero que estaba dispuesto a aceptar que madre e hijo formaban una unidad, y de paso aprovecharse de que le gustaba tenerla en su cama.

Pararon para comer en un restaurante a la orilla del río y al volver al barco Ethan comenzó a quejarse de que le dolía la cabeza.

–Sabía que iba a ser demasiado para él –dijo Sienna, lanzando una mirada furiosa a Adam–. Lo voy a llevar a la cabina para que descanse. Ha estado demasiado activo. ¿No dijo el médico que debía descansar?

Sin esperar respuesta, bajó, acostó a Ethan en un sofá y se sentó a su lado para cantarle dulcemente. En unos minutos, el niño se había quedado dormido.

–No sabía que cantaras tan bien, Sienna.

Ella se volvió sobresaltada, y vio a Adam bajando la escalerilla. Entonces se dio cuenta de que el barco no se movía.

–¿Por qué hemos parado? Quiero llevar a Ethan a casa.

–Quería asegurarme de que estaba bien –dijo Adam manteniendo la mirada fija en ella–. Pero ahora quiero que cantes para mí.

–Pues no va a poder ser –Sienna lo miró desafiante–. Vámonos, Adam. Has sido muy amable sugiriendo el paseo en barco, pero no debía de haberlo consentido. Ethan todavía no está lo bastante fuerte.

–No creo que sea más que un poco de cansancio.

Podía tener razón, pero Sienna no estaba dispuesta a recibir consejos de él sobre Ethan.

–Quiero llevarlo a casa.

–¿Tienes idea de lo guapa que te pones cuando te enfadas, Sienna?

Si creía que halagarla iba servirle de algo, estaba muy equivocado.

–En el pasado solías decir que me ponía muy fea cuando gritaba.

–Dije muchas cosas que no debía –dijo él. Y su mirada se ensombreció–. Pero he madurado, Sienna. Ya no somos los mismos.

Ella pensó que, aunque tuviera razón, eso no significaba que pudieran volver a estar juntos.

Como si le hubiera leído el pensamiento, Adam añadió con dulzura:

–Ayer por la noche fui sincero contigo. Sé que no puedo hacer nada por cambiar el pasado, pero por el bien de Ethan creo que debemos dar una oportunidad a nuestro matrimonio. Él merece tener un padre y una madre.

–¿Quieres decir que vas a hacer un esfuerzo para intentar enamorarte de mí? –preguntó Sienna mirándolo con odio.

–No he querido decir eso. Ya sabes lo que siento. Pero hacemos una buena pareja, Sienna.

–¿Quieres decir en la cama? –le soltó ella, airada–. Eso es todo lo que quieres de mí, ¿verdad? Vete al infierno, Adam.

–Mamá, ¿por qué gritas?

Sienna gimió y tras lanzar una última mirada de desdén a Adam, se volvió hacia su hijo.

–Lo siento, cariño. ¿Cómo te encuentras?

–Me duele la cabeza.

Sienna miró a Adam con expresión recriminadora y dijo:

–Tenemos que ir a casa.

Y Adam desapareció.

Adam había creído que, por el bien de Ethan, Sienna aceptaría sin reservas su propuesta de retomar su relación. La noche anterior había demostrado que la chispa no se había apagado entre ellos, sino todo lo contrario. Y de hecho él no había tenido suficiente. La Sienna que había hecho el amor con él era una mujer nueva y mucho más apasionada, o quizá en el pasado él no había sido consciente de todo su potencial. Quizá había cometido un error al hablarle de su incapacidad de amar. ¿Podía ser ésa la causa de que se mostrara tan reacia a intentarlo? ¿Ya no volvería a dejarse abrazar? ¿No querría compartir su casa con él?

Mientras tanto, él sólo podía pensar en cuánto la deseaba. Le bastaba mirarla para sentirse excitado y listo para una nueva sesión de tórrido sexo.

El día había comenzado de una manera tan prometedora que le desilusionó el silencio cáustico de Sienna cuando llegaron al muelle y su negativa a ir a su apartamento.

–Ethan necesita su cama –dijo con vehemencia.

Por primera vez Adam se preguntó si no estaría usando a Ethan como excusa para ocultar sus sentimientos. Eso le hizo sonreír porque sabía que, de ser así, sólo sería cuestión de tiempo convencerla.

El único problema era que la paciencia no había sido nunca una de sus virtudes. Cuando quería algo, estaba acostumbrado a conseguirlo con prontitud.

Cuando llegaron a casa de Sienna y él hizo ademán de entrar, ella lo detuvo.

–Quiero que te vayas, Adam. Ethan necesita calma y silencio.

Adam no veía la razón por la que no pudiera quedarse un rato y así lo expresó. Finalmente, Sienna cedió por no discutir delante de Ethan, que estaba cansado y pálido. Pero actuó como si Adam no estuviera, le dio un analgésico a Ethan, lo desvistió y lo metió en la cama.

Adam esperó pacientemente y preparó un té.

–Ha sido un día demasiado agitado para Ethan –dijo ella cuando salió del dormitorio.

–Lo siento. Ha sido culpa mía.

Sienna no dijo nada. Estaba demasiado cansada como para continuar discutiendo. Bebió el té y trató de relajarse.

Cuando acabaron, Adam le quitó la taza de las manos y la abrazó. Sienna, en lugar de ofrecer resistencia, dejó que el calor que emanaba de él la envolviera, que su aroma varonil la acariciara.

Pero para su desconcierto, Adam se separó de ella y anunció que se marchaba.

–Necesitas descansar, Sienna. Pareces cansada.

Tenía razón, estaba exhausta. Pero en contra de lo que debía dictarle el sentido común, pensó que la mejor forma de relajarse sería que Adam la acompañara a su cama.

Él sonrió como si pudiera leerle el pensamiento.

–Buenas noches, Sienna. Me mantendré en contacto.

Capítulo 8

ERA MEDIA mañana y Sienna había decidido que Ethan se quedara en casa un día más porque al despertar lo había encontrado muy pálido. Acababan de terminar el desayuno cuando llamaron a la puerta.

–¡No me digas que te has tomado otro día libre! –fueron las palabras que salieron de su boca al encontrar a Adam al otro lado de la puerta.

Comprobar que un niño podía hacerle cambiar tan radicalmente de hábitos le hizo pensar que debían haber formado una familia hacía años, y que, de haberlo hecho, quizá seguirían juntos.

–¿Cómo está Ethan?

Sienna sabía que su preocupación era sincera, pero le inquietaba que estuviera allí para insistir en que vivieran los tres juntos como una familia feliz cuando ella había decidido que era imposible. Una cosa era que lo deseara físicamente y que la noche anterior apenas hubiera podido pegar ojo pensando en el sexo con él, y otra que creyera en que tuvieran un futuro común.

–No hacía falta que vinieras para averiguarlo. Podías haber llamado por teléfono –dijo.

No quería que Adam se acostumbrara a aparecer en su puerta siempre que quisiera. Era perjudicial tanto para Ethan como para ella.

Sin embargo, Ethan parecía encantado de ver a su padre y había corrido a abrazarlo.

–¿Qué tal está mi soldado herido?

–Bien, papá. ¿Has venido a llevarnos de excursión?

–¡No! –dijo Sienna–. Hoy necesitas descansar, Ethan. Además, seguro que tu padre tiene muchas cosas que hacer. ¿No deberías estar trabajando? –preguntó a Adam en tono sarcástico.

Adam llevaba una camisa de manga corta del mismo azul que sus ojos y unos pantalones de lino que se le ajustaban a las caderas. Estaba espectacular y Sienna se irritó consigo misma por sentir que su cuerpo reaccionaba al instante a su presencia.

–Voy a ir más tarde –contestó Adam, curvando los labios en una enigmática sonrisa–. Pero primero quiero enseñaros una cosa.

–Entonces será mejor que pases –Sienna dio media vuelta y volvió a la sala–. ¿De qué se trata?

Adam dejó a Ethan en el suelo sin que se le borrara del rostro la expresión misteriosa.

–Tenemos que salir para verlo.

–¿Dónde vamos? –preguntó Ethan.

–Es una sorpresa.

–¡Me encantan las sorpresas! ¿Me va a gustar ésta? –preguntó Ethan.

–Eso espero.

–Vamos a verla –imploró Ethan, tirando de la mano de su padre.

Sienna estaba menos entusiasmada con el plan. Había algo en la actitud de Adam que la preocupaba. Estaba segura de que maquinaba algo e intuía que no iba a gustarle.

–¿Y dónde va a llevarnos la sorpresa? –preguntó, sin conseguir disimular su inquietud.

Adam le dedicó una de sus sonrisas más sexys y Sienna hubiera querido abofetearlo.

–Tendrás que esperar para verla.

–Estás empezando a preocuparme, Adam –dijo Sienna en cuanto Ethan fue a su dormitorio para recoger sus cosas antes de salir–. ¿Eres el mismo hombre que jamás se tomaba un día libre?

–El mismo –dijo él–. Pero ahora tengo una familia de la que cuidar.

–¿De la que cuidar? –Sienna abrió los ojos desmesuradamente–. Nosotros no necesitamos que nos cuides, Adam. Sólo te dije que tenías un hijo porque...

–Porque estuvo a punto de morir y tu conciencia no te habría perdonado que no lo hicieras –le cortó Adam con brusquedad y cambiando la sonrisa por una expresión severa–. Pero el caso es que ahora que sé de su existencia, estoy decidido a comportarme como un padre responsable, y no vas a poder hacer nada por impedirlo.

La aparición de Ethan hizo que Sienna se mordiera la lengua para no contestar.

–¿Podemos irnos, mamá? –preguntó el niño.

Sienna asintió a regañadientes y los siguió fuera de la casa. A pesar de lo pequeño que era, Ethan caminaba igual que Adam, erguido y cuadrando los hombros, y Sienna no pudo evitar sentirse orgullosa de él.

Adam había conducido él mismo su coche, una limusina plateada en la que, para sorpresa de Sienna, había puesto una silla adaptada para niños.

Apenas condujo unos kilómetros antes de detenerse ante una casa en una calle sin salida, con un jardín cercado y una verja que se abría por control remoto.

Ethan se quedó boquiabierto al ver que la verja se

abría, mientras Sienna se preguntaba qué hacían allí y a quién iban a visitar.

Por eso la tomó completamente por sorpresa que al llegar a la puerta del magnífico edificio de ladrillo rojo, Adam le tendiera un juego de llaves, diciendo:

—Echa una ojeada a tu nueva casa.

—¿Mi nueva casa? —repitió.

Su mente funcionó a toda velocidad intentado comprender. Sabía que a Adam no le gustaba su casa, pero de ahí a comprarle una... Las preguntas se atropellaron en su mente. Se volvió a Adam en busca de una explicación.

—Será mejor que me digas de qué estás hablando.

—La he comprado.

—¿Por qué?

—Para nosotros.

Sienna sólo captó la palabra «nosotros» ¿Ellos tres? ¿Juntos, en aquella casa, permanentemente?

—¡Te has vuelto loco! —fue lo primero que pasó por su mente—. No tengo la menor intención de vivir contigo.

—¿Ni siquiera por el bien de Ethan? —Adam la miró con solemnidad—. Nos necesita a los dos. Y yo necesito llegar a conocerlo mejor.

—Eso lo puedes hacer gradualmente. No puedes obligarme a hacer esto, Adam.

—No te estoy obligando. Sólo creo que es lo más lógico y espero que lo entiendas así.

Sienna cerró los ojos, rezando para que se tratara de una pesadilla. Adam se comportaba tan sensatamente que habría querido gritar. Pero sabía que eso sólo la dejaría en una situación de desventaja. Tenía que mantener la calma, especialmente cuando Ethan no paraba de dar saltos y de mirar a su alrededor maravillado.

—¿Vamos a vivir aquí? —preguntó, sobreexcitado.

Sienna posó una mano sobre su hombro.

—Todavía no lo sé, cariño.

—¿Podemos entrar?

Sienna se dio cuenta de que seguía con las llaves en la mano. La hizo girar en la cerradura y abrió la puerta. Ethan corrió al interior mientras que ella cruzaba el umbral con cautela.

El vestíbulo de entrada era precioso. Tanto, que aunque Sienna se había propuesto que no le gustara, tuvo que admitir que la primera impresión era impactante. El suelo era de cerámica, las paredes estaban pintadas en tonos pálidos y había numerosas plantas. Una escalera se curvaba en un lateral hacia el piso superior; y en el otro se veían varias puertas. Había también un sofá de cuero verde y una mesita con un teléfono y una lamparita.

Era una fotografía perfecta y Sienna asumió que el resto de la casa también lo sería.

—Adam, ¿cómo has sido capaz de comprar esta casa sin antes consultármelo? —preguntó, aprovechando que Ethan se había ido de exploración y no podía oírla.

—No me gusta el sitio en el que vives.

—¿Y te crees con derecho a hacer... esto? —preguntó ella, alzando las manos para indicar su alrededor—. Es muy generoso por tu parte, pero...

—No es un problema de generosidad —la interrumpió Adam—. No voy a consentir que Ethan viva en tu asqueroso piso.

—¿Asqueroso? Muchas gracias, pero hasta ahora nos hemos arreglado perfectamente en él —replicó ella, mirándolo con ojos centelleantes, aunque en el fondo supiera que tenía parte de razón y que el vecindario dejaba mucho que desear.

Una vez más, se arrepintió de haber ido en busca de

Adam. Él había ascendido en la escala social, mientras que ella había descendido. Pero al menos había sido feliz y si Adam creía que podía organizarle la vida, estaba muy equivocado.

–Escucha, Sienna, has hecho un magnífico trabajo con Ethan –dijo Adam con sorprendente calma–. Pero a veces hay que aceptar ayuda. No siempre es fácil ver qué es lo más conveniente.

–¿Y vas a ser tú quien me lo diga? –preguntó ella, indignada.

Adam se encogió de hombros y alzó las manos, pero no dijo nada.

–Será mejor que eche una ojeada –dijo Sienna, que necesitaba separarse de él.

Adam pareció comprenderlo y no la siguió. Sienna exploró cada habitación, la magnífica cocina, las tres salas, la enorme galería con vistas al jardín en el que había una piscina y un campo de tenis. En el primer piso había seis dormitorios con sus correspondientes cuartos de baño, todos ellos decorados exquisitamente.

¡Y Adam la había comprado sin pestañear! ¿Qué se experimentaría al sentirse tan poderoso, tan rico? ¿Quería ella formar parte de ese estilo de vida a pesar de estar convencida de que el dinero no compraba la felicidad?

Ethan y ella habían sido muy felices antes de que Adam apareciera en sus vidas. La felicidad era un estado de ánimo, no una consecuencia del dinero que uno pudiera gastar.

–Mamá, ¿vamos a venir a vivir aquí? ¿Mamá? –Ethan la había seguido, entrando y saliendo de las habitaciones, saltando en las camas. Estaba tan excitado que Sienna temió que le volviera el dolor de cabeza.

–Mamá se lo está pensando.

–Tendremos que convencerla para que diga que sí.

La voz de Adam en tono persuasivo le llegó desde detrás, muy próxima, tan seductora como la había encontrado siempre, pero también tan irritante y segura de sí misma como para que le dieran ganas de gritar. Si el dinero le hacía sentirse tan poderoso que creía que podía hacer lo que le viniera en gana, habría sido mejor que fuera pobre. El hombre del que ella se había enamorado apenas tenía dinero, y había sido su obsesión por enriquecerse lo que había arruinado su matrimonio.

Ethan salió corriendo para seguir su exploración y Adam la tomó por los hombros para obligarla a girarse y a mirarlo de frente.

–A Ethan le encanta –dijo. Sienna asintió con la cabeza porque no tenía sentido negar lo evidente–. Así que propongo un acuerdo –tomó las manos de Sienna, que permaneció callada, escuchando su corazón latir aceleradamente–. Tú y Ethan os mudáis aquí y yo pago todas las facturas –Sienna se sintió aliviada al deducir que él no iría a vivir con ellos, pero su alivio fue pasajero–. A cambio, nosotros damos otra oportunidad a nuestro matrimonio.

El corazón de Sienna dejó de latir. Adam la observaba atentamente, convencido de que la oferta era irrechazable, pero estaba muy equivocado.

–¿De verdad crees que voy a acceder? –preguntó ella con hostilidad–. Me temo que estás perdiendo tu tiempo y tu dinero.

Sienna no podía arriesgarse a entregarle de nuevo su corazón para que él se lo destrozara. Le encantaba la casa y el vecindario, era mucho mejor y más seguro que el suyo, y no tendría que volver a preocuparse por el dinero. Pero aparte de temer por su corazón, debía tener en cuenta el bienestar emocional de Ethan. Si la relación entre ella y Adam no funcionaba, él sufriría las consecuencias, y ése era un riesgo que no estaba dispuesta a correr. Dio media vuelta y fue a decirle a Ethan que se marchaban cuando Adam volvió a hablar.

–Estás cometiendo un error, Sienna.

–¿Ah, sí? –Sienna se irguió y lo miró con expresión retadora.

–No estás pensando en Ethan.

–Desde luego que sí –dijo ella vehementemente–. Precisamente es eso lo que estoy haciendo.

–Si fuera sí, sabrías que aquí va a estar mucho mejor –Adam la miraba tan fijamente que parecía querer hipnotizarla.

–Con un padre ausente, no –replicó ella con aspereza–. Ethan ya te adora y si le defraudas, le romperás el corazón.

Adam le lanzó una mirada desafiante.

–No pienso defraudarlo.

–Es fácil decirlo, pero no te das cuenta de que proporcionarle dinero y comida no es suficiente. No te das cuenta de que lo que importa es la relación que establezcas con él.

–Así que prefieres que nuestro hijo viva en una chabola que...

–¡Mi piso no es una chabola! –exclamó Sienna, ofendida.

–Tienes razón, Sienna, es un hogar agradable, pero el barrio deja mucho que desear –bajó la voz hasta convertirla en un susurro–. También podrías hacer de esta casa un hogar. ¿No te gustaría? ¿No querrías...?

–¡Claro que me gustaría! –le cortó Sienna precipitadamente–. Es preciosa; es la casa más bonita que he visto en mi vida. Pero... –Sienna se interrumpió. Era verdad que era un regalo espectacular, que rechazarlo era una locura. Tal vez había alguna posibilidad de aceptarlo, pero sólo bajo sus condiciones.

–Pero qué, Sienna –la animó Adam, esbozando una sonrisa.

Sienna lo miró a los ojos y también sonrió.

–De hecho, acabo de cambiar de opinión. Estoy dispuesta a vivir contigo –vio la expresión triunfal en el rostro de Adam y tuvo el placer de saber que la borraría en cuanto oyera las condiciones que iba a ponerle–. Quiero darle una segunda oportunidad a nuestro matrimonio.

–Sabía que acabarías siendo razonable, Sienna –Adam dio un paso adelante, pero ella retrocedió.

–Siempre que te tomes en serio nuestra relación y tu papel de padre.

Adam asintió.

–Te lo prometo.

A Sienna le costaba creerlo. Una cosa eran las palabras y otra muy distinta los hechos.

–A cambio, tendrás que dejar la oficina a las cinco de la tarde todos los días; y pasaremos los fines de semana juntos como una familia –observó cómo se desvanecía la sonrisa de Adam, aunque no se borrara del todo. Quizá no pensaba que hablara en serio. Pero su siguiente exigencia le demostraría que estaba equivocado–. Y si rompes tu promesa una sola vez, me iré y me llevaré a Ethan conmigo.

La pausa que siguió a sus palabras le indicó que Adam había entendido el mensaje perfectamente y que no cedería porque no estaría dispuesto a perder tantas horas de trabajo. Ya podía llamar a Ethan y marcharse. Había sido un sueño bonito pero irrealizable.

Adam tendría que tomar una decisión respecto a la casa. Quizá la vendería o se mudaría a ella y...

–Lo haré.

A Sienna se le cortó la respiración.

Adam sonrió.

¿Habría oído bien?

–¿Es que no piensas decir nada? –preguntó él sin borrar aquella irritante sonrisa de sus labios.

–Yo no... –Sienna tragó saliva–. No creía que...

–¿Que fuera a acceder a tus condiciones? –dijo Adam. Cuando Sienna asintió con la cabeza, añadió–: Haría cualquier cosa por mantener a mi familia unida.

El tono posesivo con el que se refirió a «su familia» tomó a Sienna por sorpresa. Sonaba como si fuera un verdadero padre de familia y sin embargo...

–En primer lugar –continuó Adam, interrumpiendo el curso de sus pensamientos–, este sitio es mucho más seguro para Ethan. Pero también quiero recuperar a mi esposa. Y prometo que esta vez no te decepcionaré.

A Sienna le costaba aceptar que estaría atrapada en una casa con un hombre que no la amaba y que, aunque decía que no la decepcionaría, ya lo había hecho en una ocasión; un hombre para el que ella no significaba nada y que le hacía aquella proposición sólo porque quería tener cerca a Ethan.

El destino era muy cruel con ella. El día que fue a anunciarle a Adam que tenía un hijo pensaba estar haciendo lo correcto. Pero la consecuencia era que había caído en su trampa al acceder a formar parte de un matrimonio sin amor para que él tuviera acceso a Ethan.

Por otro lado, había un aspecto de la situación que no era tan negativo: Ethan y ella tendrían la oportunidad de vivir una nueva experiencia juntos, en un barrio acogedor y en el que no tendrían nada que temer.

Adam la ayudó a mudarse a su nueva casa a una velocidad vertiginosa. Apenas tuvo que llevarse consigo más que sus pertenencias personales y los juguetes de Ethan ya que no había ningún mueble de valor. La única persona a la que anunció que se marchaba fue su vecina Jo, quien le deseó buena suerte y le dijo que había adivinado lo que iba a suceder en cuanto vio a Adam.

Adam no comprendía por qué no estaba más contento de haber convencido a Sienna de que se mudara, y no pudo decidir si se debía a lo reacia que se había mostrado al respecto, o a que había tenido que coaccionarla para convencerla.

Su vida sexual siempre había sido fantástica. De hecho, recordaba que aun cuando llegaba exhausto después de un agotador día de trabajo, Sienna conseguía despertar su libido. Así que estaba deseando volver a tenerla en su cama cada noche.

Había conseguido perturbar su sosiego de una manera que le resultaba desconcertante. A pesar de que seguía enfadado con ella por haberle ocultado la existencia de su hijo, la encontraba irresistiblemente sexy. Incluso con los espantosos vaqueros que insistía en ponerse. Estaba deseando verla con algo más femenino y sensual; ansiaba llevarla de tiendas y comprarle un vestuario que la favoreciera y dejara apreciar su espléndida figura.

¿Y qué habría querido decirle con aquella camiseta con el corazón roto? ¿Era una manera de insinuar que su corazón nunca se recuperaría? ¿Que nunca volvería a ser suya?

Temía haber debilitado su posición al haberle confesado que no tenía la capacidad de amar a nadie incondicionalmente, y que Sienna se echara atrás y rompiera su promesa de compartir su cama.

Había tenido que hacer acopio de valor para declarar la verdad, pero finalmente había llegado a la conclusión de que si iba a pedirle a Sienna una nueva oportunidad tenía que ser completamente sincero con ella. No podía permitir que creyera que podía darle más de lo que le ofrecía, o que confiara en que algún día él le declarara su amor, porque eso no iba a suceder.

La muerte de su madre lo había hundido, y tener que lidiar con su propio dolor y con el de su padre le había enseñado lo peligroso que era amar a alguien hasta el punto de que la vida sin esa persona perdiera sentido.

Tampoco estaba particularmente satisfecho con haberse mostrado vulnerable ante Sienna, porque lo único que había conseguido era que ella supiera que nunca podría amarla.

Era evidente que saberlo la había dejado en estado de shock y que si no había hecho más preguntas era por la oportuna interrupción de Ethan, que le había evitado un interrogatorio para el que no estaba preparado.

Por el momento, se sentía afortunado de que Sienna se hubiera mudado a la nueva casa, ya que en más de una ocasión había temido que se echara atrás.

–¿Tienes todo lo que necesitas?

Sienna asintió.

–Has sido muy amable. Es increíble todo lo que has hecho por mí.

–Y por Ethan –dijo Adam, cortante.

¡Por supuesto! Sienna sintió amargura ante el recordatorio de que, de no ser por Ethan, Adam la habría dejado pudrirse en su apartamento. De hecho, ni siquiera habrían vuelto a coincidir porque ella no habría ido a buscarlo, y hasta era posible que se hubieran divorciado.

–Te dejo para que puedas organizarte. Tengo que pasar por el despacho y por casa para empaquetar algunas de mis cosas.

Dio un beso y un abrazo a Ethan, pareció dudar si hacer lo mismo con Sienna y, tras cambiar de opinión, se fue.

–¿Y ahora qué hacemos, Ethan? –preguntó Sienna, aunque se trataba más de una pregunta retórica ya que no tenían nada que hacer.

La casa estaba decorada a la perfección, el frigorífico estaba bien provisto. Sienna no sabría qué hacer una vez Ethan volviera al colegio.

–Yo voy a montar en el caballito de madera –dijo él, entusiasmado.

En una de las habitaciones, evidentemente convertido en cuarto de juegos, había un enorme caballito de madera.

La puerta de entrada se abrió bruscamente y Adam volvió.

–Pensaba haberte dado esto.

Era la tarjeta de una tienda de lujo. Sienna abrió los ojos desconcertada.

–¿Por qué? ¿Para qué?

Adam alzó las cejas como si se tratara de una pregunta absurda.

–Para lo que quieras: ropa, juguetes. Ve de compras y pásalo bien, Sienna.

Ella no había pensado en comprarse ropa, pero era evidente que a Adam le parecía una buena idea. Era su esposa y no querría que lo avergonzara. Su economía no le había permitido gastar dinero en sí misma en los últimos años.

Pero de acuerdo a su mentalidad, era lógico que Adam quisiera una esposa de la que sentirse orgulloso, no una mujer en vaqueros y camiseta.

–¿Te parece mal? –preguntó Adam con aspereza–. ¿He cometido un error?

–No es eso –respondió Sienna–. Es sólo que estoy acostumbrada a manejar mi propio dinero.

–¿Y no quieres aceptar nada de mí? Eso es una tontería, Sienna. Eres mi esposa. Dentro de unos días tendrás una cuenta corriente a tu nombre. Entre tanto, quiero que uses esta tarjeta y que te des un capricho.

–¿Y qué más piensas hacer por mí, Adam? –preguntó ella, sarcástica. Las cosas iban demasiado deprisa. Parecía imposible que sólo hubieran pasado ocho días desde que fue a buscarlo.

–Lo que quieras.

Sienna se quedó petrificada al sentir sus ojos clavarse fríamente en ella y al observar su pose arrogante, tan alejada del amante que había compartido su cama hacía unas noches.

–No quiero nada.

Adam pensaba que estaba siendo desagradecida y en cierta manera quizá tuviera razón. Pero no le gustaba que la hubiera sacado de su cómodo piso y la hubiera dejado en aquella casa tan grande y tan impersonal, más parecida a una casa de revista que a un verdadero hogar. Una casa sin vida a la que ella le imprimiría personalidad, pero que por el momento carecía de alma.

Mientras Adam estaba en ella, su presencia parecía dominarlo todo, pero al marcharse, parecía vacía. Cuando él no estaba, ella se sentía como si le faltara algo.

Su vida había cambiado radicalmente en cuestión de días, y no estaba segura de que fuera para mejor.

Capítulo 9

¡PAPÁ! –Ethan oyó la voz de Adam y bajó corriendo para echarse en sus brazos–. Ven a verme en el caballito.

Adam lo tomó en brazos y dirigiéndose hacia la escalera preguntó a Sienna:

–¿Vienes?

Fue el «*porfa*, mamá» de Ethan lo que la convenció.

La interrupción de Ethan la había aliviado y habría preferido quedarse un minuto a solas, pero no quería que Adam consintiera todos los caprichos de Ethan. Estaba convencida de que obtendría todo lo que pidiera y sabía que no era bueno para él.

Después de balancearse varios minutos sobre el caballo al grito de «Vamos, vaquero, al galope» de Adam, Ethan se cansó del caballo y los llevó a su dormitorio.

–¿Cuál es tu habitación, papá? ¿Está al lado de la mía?

–Si quieres que mamá y yo durmamos cerca de ti, sí.

Sienna contuvo el aliento.

–Sí, *porfa*, sí. Quiero que estéis cerca por si me despierto por la noche. Es una casa muy grande y tengo miedo a la oscuridad.

–No tienes nada que temer, Ethan. Estoy aquí para cuidar de ti.

Sienna seguía batallando con la idea de que compar-

tirían cama. Sus sentimientos hacia él eran muy contra-
dictorios. Quería sentirse libre y al mismo tiempo sus
vidas estaban inexorablemente vinculadas. Pero, ¿podría pasar el resto de su vida con un hombre que no la
amaba? Que fuera un amante extraordinario era un
punto a su favor, pero ¿le bastaría?

Cuando Ethan se puso a jugar con sus juguetes, ba-
jaron y Adam dijo que se marchaba.

–No me eches de menos –bromeó. Y su cara de pi-
cardía irritó a Sienna.

¿Echarle de menos? De haber podido, habría echado
el cerrojo. No conseguía aceptar que su vida ya no le
pertenecía.

–Cuando decidas ir de compras, llama a mi chófer.
Éste es su número.

Sienna lanzó una mirada furibunda hacia la puerta
tras la que desapareció. Para Adam el dinero lo era
todo. No comprendía que se pudiera ser feliz sin casa y
coches de lujos, sin ir de compras, sin tarjetas de crédito.

En lugar de salir, ordenó la ropa en el armario del
dormitorio que se veía obligada a compartir con Adam.
Luego, fue con Ethan a explorar el jardín. La piscina
estaba rodeada de un suelo de madera sobre el que había cómodas hamacas. Le alegró haber enseñado a nadar a Ethan a muy temprana edad. Era como un pez y
adoraba el agua, así que no tenía nada que temer.

Ethan quiso zambullirse enseguida, pero Sienna lo
convenció de seguir inspeccionando el terreno, que se
abría a una pradera tras la que había un pequeño bosque
donde jugar al escondite. Era innegable que la casa era
un paraíso.

El tiempo pasó tan rápido que le desconcertó lo pronto

que volvió Adam y al consultar el reloj comprobó que
habían pasado tres horas.

–No sé tú, pero yo estoy muerto de hambre –dijo él–.
¿Dónde quieres comer: en casa o fuera?

–En casa –dijo ella de inmediato–. Hay comida como
para alimentar a un ejército.

Ethan no paró de hablar mientras ella preparaba la
comida y Sienna consiguió relajarse y reír.

–¿Qué te has comprado? –preguntó Adam cuando se
sentaron a comer.

–Nada. Ethan y yo hemos recorrido la propiedad. El
jardín es increíble. Ethan quería bañarse en la piscina,
pero le he dicho que...

–Quería que te compraras ropa.

Sienna alzó la barbilla. Se había puesto unos vaqueros limpios y una camiseta rosa para estar más presen-
table.

–¿Te avergüenzas de mí?

–Yo no he dicho eso –dijo Adam, demorando la mirada en sus senos. A su pesar, Sienna sintió que su
cuerpo reaccionaba y que se le endurecían los pezones–. Pero pensaba que a todas las mujeres les gustaba
ir de compras y que estarías encantada de renovar tu
vestuario.

–Se ve que no me conoces bien, Adam.

Sus miras se cruzaron y Sienna fue la primera en re-
tirar la suya.

–Iré de compras cuando me parezca bien.

Recordó entonces que a Adam le gustaban las mujeres femeninas, con vestidos vaporosos que dejaran las
piernas al descubierto. Solía decirle que tenía unas piernas preciosas y que cuando se ponía tacones parecían
no acabar nunca.

Pero eso era el pasado, y en el presente los vaqueros eran una prenda mucho más práctica.

Después de cenar, Adam leyó a Ethan un cuento. Parecía empezar a disfrutar el ritual y Sienna permanecía sentada, escuchando en silencio y disfrutando del vínculo que hijo y padre estaban estableciendo.

Ethan no apartaba la mirada de su padre y Adam lo miraba de vez en cuando y sonreía. Su voz ejercía un poder hipnótico sobre Sienna, que no escuchaba lo que decía sino su cadencia, que parecía reverberar dentro de su cuerpo.

Para contrarrestar el efecto que estaba teniendo sobre ella, se puso en pie y dejó la habitación. No podía defenderse de las emociones que aceleraban la sangre en sus venas, ni podía explicarse sus propios sentimientos cuando estaba allí bajo coacción. Aunque, por otro lado, la única culpable era ella por haber estado convencida de que Adam no accedería a sus condiciones.

Debería odiarlo, debería sentir repulsión al verlo, debería haber matado sus sentimientos hacia él. Y sin embargo, se veía asaltada por sentimientos tan poderosos o más que los que había experimentado en el pasado hacia él.

Adam terminó de contar el cuento, besó a Ethan y fue en busca de Sienna. Los años transcurridos desde su ruptura no habían contribuido a disminuir el deseo que despertaba en él. Había conseguido ahogarlo y sublimarlo mientras se concentraba en construir un imperio, pero había vuelto con toda su primitiva fuerza en cuanto la volvió a ver.

Y por fin la poseía. Aquel día marcaba un nuevo comienzo. Todo había ido mejor de lo que esperaba. Había creído que no la convencería de que dejara su casa. Había temido que lo desafiara. Pero sus temores habían sido en vano: la tenía allí, y mientras Ethan durmiera, estarían solos.

Cuando se reunió con ella en la terraza, Sienna sintió que el corazón se le aceleraba al ver que el brillo de sus ojos reflejaba el mismo deseo que sentía ella. Pero estaba decidida a resistirlo porque le costaba asimilar que se hubiera dejado atrapar por él como un insecto en una tela de araña.

La pregunta que no podía dejar de hacerse era por qué Adam se había casado con ella. ¿Por su cuerpo? ¿Por el puro placer de conquistarla?

Sabía que debía despreciarlo y lo intentaba, pero no podía negar que la vieja chispa seguía ardiendo entre ellos y que no podía hacer nada por apagarla. Su cuerpo tenía voluntad propia y no se doblegaba a su razón.

—Ethan se ha quedado profundamente dormido —dijo Adam.

—Estaba muy cansado. Ha sido un día muy ajetreado.

—El tuyo también. ¿Te gusta tu nueva casa? —preguntó Adam sin apartar la mirada de ella.

Si Sienna expresaba su opinión, heriría sus sentimientos. La encontraba demasiado grande y pretenciosa, y sabía que era un regalo para su hijo, no para ella.

—Es muy bonita —dijo finalmente—. Has sido muy generoso. Tardaré un poco en acostumbrarme a ella.

—A Ethan le encanta.

—No está acostumbrado a tener tanto espacio —dijo Sienna, sonriendo al pensar en cuánto había disfrutado Ethan—. Es el sueño de un niño.

—¿Pero no el tuyo?

El sueño de Sienna era que un hombre la amara por sí misma y no porque fuera la madre de su hijo.

–Yo era feliz en mi piso.

–¿Y no crees que puedas serlo aquí?

Adam entrecerró los ojos y Sienna supo que debía ser cautelosa y recordar que también debía pensar en Ethan.

–Me acostumbraré.

–Eso no basta, Sienna. Quiero que llegues a disfrutarla, que te relajes y seas feliz. Quiero que seamos una familia.

¿Cómo era capaz de pedir lo imposible?

–Me llevará un tiempo –respondió, esquivando su mirada y comenzando a atravesar el césped hacia una caseta que había en un lateral.

De pequeña siempre había querido tener una cabaña y pensó que aquélla serviría como lugar de juegos para Ethan.

Oyó que sonaba el teléfono de Adam y se volvió, asumiendo que se trataría de una llamada de trabajo. El rostro de él pasó del enfado a la preocupación mientras escuchaba.

–Está bien. De acuerdo. Iré inmediatamente. Gracias

Pero no se trataba de una llamada de su oficina. Adam miró a Sienna.

–Mi abuelo está en el hospital. No he hablado con él en años, pero no puedo abandonarlo. Intentaré volver pronto.

–Claro.

Sienna sintió una combinación de alivio y compasión. Nunca había tenido demasiada relación con el abuelo de Adam, y las pocas veces que se habían visto había tenido la sensación de que no le caía bien. Ni siquiera sabía que estuviera vivo, pero era importante que Adam acudiera a su lado.

Adam condujo al hospital con una mezcla de sentimientos encontrados. No quedaba afecto entre su abuelo y se preguntaba si le alegraría que lo visitara.

¿Qué diría, por ejemplo, si le contaba que Sienna había tenido un hijo suyo y que volvían a estar juntos? Con toda seguridad sería la puntilla. Su abuelo rechazaba a Sienna porque le recordaba en exceso a la madre de Adam, y de una manea completamente irracional, la culpaba por haber muerto y haber arruinado la vida de su hijo.

No tenía ningún sentido que odiara a Sienna, pero cuando Adam lo vio pálido y abatido en la cama del hospital, decidió no abrir viejas heridas y no le habló de ella. De hecho, apenas intercambiaron algunas palabras.

Aunque el anciano mantuvo los ojos cerrados, Adam tuvo la seguridad de que no dormía, y por pura cortesía prolongó la visita en lugar de levantarse y marcharse.

Sienna estaba a punto de irse a la cama cuando oyó llegar el coche de Adam. Tenía gesto cansado y ella se ofreció a prepararle un café.

–¿Qué tal está tu abuelo? –preguntó al tiempo que ponía a calentar agua y echaba una cucharada de café instantáneo en una taza.

Adam no parecía con ganas de contestar y Sienna lamentó que ni siquiera la enfermedad hubiera ayudado a abuelo y nieto a reconciliarse.

–Ha sufrido un ataque al corazón. Estará en el hospital bastante tiempo –dijo él en tono crispado.

–Lo siento.

–Ni siquiera estando enfermo le ha alegrado verme. Apenas hemos hablado.

Sienna sintió lástima.

–Debe de ser muy mayor.

Adam se encogió de hombros.

–Ochenta y tantos. Tiene una constitución de hierro, pero no me extrañaría que esta vez no lo superara.

–¿Vive solo?

–Con una interina –Adam añadió con una media sonrisa–. Es un viejo cascarrabias. Pero dejemos de hablar de él. Gracias por haberme esperado despierta, Sienna.

–Era lo mínimo que podía hacer.

Sin previo aviso, Adam la tomó por la cintura y la atrajo hacia sí.

Sienna no tuvo tiempo ni de protestar ni de levantar los brazos a modo de barrera. Era su prisionera y podía sentir su corazón latir tan aceleradamente como el de Adam.

Era evidente hacia dónde se encaminaban. Adam necesitaba olvidar el hospital y para ello quería perderse en ella. Sienna podía sentir su sexo endureciéndose contra su ingle y una voz interior le dijo que si no se separaba de él no habría vuelta atrás. Pero en realidad no tenía escape. A partir de entonces su vida sería así: una familia unida en la superficie. Ethan creería que sus padres se amaban aunque no hubiera verdadero amor entre ellos.

A pesar de ser millonario y de todo el éxito que había logrado, Adam le negaba lo único que a ella le importaba realmente.

Y aun así, Sienna dejó que su cuerpo se apoyara en

el de él, aspiró su aroma, esa fragancia que le recordaba a su primer encuentro y que despertaba cada célula de su cuerpo.

Adam gimió al notar que se relajaba y atrapó su boca para darle un frenético beso que acabó con todo vestigio de racionalidad en ella. El calor y el sabor de Adam se combinaron para dejarla inerme, anhelante.

¿Cómo podía ser tan estúpida cuando sabía que la única razón de que Adam fuera amable con ella era Ethan? Tras abandonarlo, Adam no había hecho el menor esfuerzo por localizarla, pero al saber que tenía un hijo estaba dispuesto a sacrificarse y reclamarla.

Adam la tomó en brazos y subió con ella las escaleras sin dejar de besarla, ahogando cualquier posible protesta, y al llegar al dormitorio relajó los brazos y la dejó deslizarse lentamente hasta que sus pies tocaron el suelo.

Adam no podía ocultar que estaba listo, pero parecía actuar con lentitud. Sienna había creído que la echaría sobre la cama, la desnudaría y le haría el amor saltándose los preliminares, pero estaba equivocada.

Recorrió el perfil de su rostro con los dedos, susurró:

—¿Sabes que eres increíblemente hermosa, Sienna?

Sus ojos habían adquirido una tonalidad oscura y Sienna sintió que se zambullía en ellos como si fueran un profundo pozo. Le enviaban señales de peligro a su sistema sensorial. ¿Se entregaba a él porque le había dado lástima lo cansado que parecía al volver del hospital, o porque en cuanto la tocaba perdía toda capacidad de resistencia? Fuera por la causa que fuera, lo cierto era que sentía algo que iba más allá de lo puramente físico.

Adam la estrechó con más fuerza y la besó. Sienna

sintió una explosión que desde el centro de su cuerpo irradió por todo su ser, transmitiéndole sensaciones de una intensidad que desconocía.

Al casarse con Adam era joven e inmadura. La edad le había enseñado a descubrir la potente respuesta que sus besos disparaban. Arqueándose contra él, se los devolvió con el mismo fuego. En cuanto Adam sintió su respuesta, emitió un profundo gemido y profundizó su beso, entrelazando su lengua con la de ella en una frenética danza.

Abandonó su boca por unos segundos para quitarle la camiseta y desabrocharle el sujetador, y posó su mirada en los pináculos oscuros que coronaban sus dos senos y que se erguían endurecidos, ansiosos por ser acariciados

Sienna no sentía ni vergüenza ni incomodidad. Sólo existía el presente. Sus senos se tensaron y parecieron buscar las manos de Adam, y cuando él agachó la cabeza y le mordisqueó y lamió los pezones, ella echó la cabeza hacia atrás con los ojos cerrados y se dejó arrastrar a un mundo de sensaciones en el que el pensamiento no existía. Clavó las uñas en la espalda de Adam y se apretó contra él; su sexo erecto incrementaba el deseo que la devoraba. No quería esperar ni seguir con los preámbulos, quería que Adam la poseyera, deprisa y con decisión.

Aunque no fue consciente de ello, supuso que gimió y se retorció contra él, porque la respuesta de Adam fue quitarse la camisa y dejarle sentir su musculoso torso y la caricia del vello que lo cubría.

Con las caderas acopladas, Adam le bajó la cremallera del pantalón y se lo quitó. Quería tocarla, quería sentir plenamente la pulsante ansiedad que se había apoderado de su cuerpo, pero Sienna lo quería libre de toda restricción. Con dedos temblorosos le desabrochó el pantalón y rápidamente los tiró, junto con los calzoncillos, al suelo. Y sus dos cuerpos desnudos se unieron convertidos en calor y pasión: dedos explorando, bocas saboreando, lenguas acariciando... Sienna se sentía como si el mundo hubiera estallado a su alrededor. Su corazón latía con fuerza contra sus costillas, la fuerza abandonaba sus piernas y sentía que podía desmayarse en cualquier momento.

Adam la miró fijamente y dijo:

–Eres preciosa, Sienna, siempre lo has sido, pero has cambiado. Ahora eres una mujer a la que le gusta que le hagan el mor. Nunca te había visto tan maravillosa, tan excitante, tan... –sus palabras se ahogaron a medida que descendía sobre ella–. ¡Te necesito, Sienna, te necesito ya!

Y ella a él también.

Tuvieron un orgasmo simultáneo, tan poderoso como un rayo seguido de su trueno, como la explosión de fuegos artificiales, como un cohete lanzado al espacio.

Tardaron varios minutos en recuperar la respiración. Una película de sudor cubría su cuerpo mientras yacía, exhausta, al lado de Adam. Él estaba echado boca abajo, con un brazo sobre la cintura de ella.

Sienna se estremeció y Adam lo notó al instante.

–¿Tienes frío? –la atrajo hacia sí rodeándola con sus brazos y frotándole la espalda con las manos–. ¿Sabes que eres increíble, Sienna? –preguntó con la boca pegada a su mejilla–. ¿Cómo es posible que te dejara marchar?

Su tacto despertó en ella nuevas sensaciones y un deseo renovado, y antes de que Sienna contestara, Adam estaba haciéndole de nuevo el amor. Más despacio que la vez anterior; con mayor sentimiento. Hasta que la lentitud se convirtió en una tortura para Sienna, que lo asió por los hombros y se movió con él hasta alcanzar un nuevo clímax que le sacudió todo el cuerpo y la dejó sin aire.

Durante varios minutos no pudo moverse y yació en una nebulosa de placer, asombrada con la exquisitez de las sensaciones que había experimentado.

Aunque odiaba reconocerlo, el sexo cada vez era mejor. Y después de haber probado el éxtasis estaba segura de que no podría prescindir de él.

Capítulo 10

SIENNA se sintió muy sola cuando descubrió que la cama estaba vacía, y por una fracción de segundo pensó que todo había sido un sueño. Pero era imposible inventar una magia como la que había experimentado. Era real. Muy real. Se habían despertado en medio de la noche y habían vuelto a hacer el amor. Parecía como si Adam y ella nunca se hubieran separado y como si su amor se hubiera hecho más profundo y hubiera revivido a un tiempo. Aunque no debía olvidar que en realidad se trataba de puro sexo, sin la implicación de sentimientos. Adam y ella no estaban más cerca el uno del otro que el día anterior. Debía recordarlo para no dejarse llevar por sus fantasías.

La casa estaba silenciosa. Demasiado silenciosa. ¡Ethan! Siempre se levantaba e iba a despertarla dando saltos en su cama. Sienna miró el despertador y saltó de la cama al ver que eran las nueve y media y que Adam debía haberse marchado a trabajar hacía tiempo. Su primer temor fue que Ethan se hubiera resentido del golpe. Había sido muy valiente, pero quizá le habían dejado moverse demasiado y... Se quedó de piedra al encontrar su habitación vacía. Miró a su alrededor con expresión angustiada, pero de pronto le llegó el rumor de voces desde el jardín y cuando miró por la ventana vio a Adam y a Ethan en la piscina.

Tuvo que mirar dos veces para convencerse de que no lo estaba soñando. ¡Adam no había ido a trabajar! Sienna empezaba a creer en los milagros.

Tras ducharse y vestirse, bajó precipitadamente al jardín. Al verla, Adam sonrió de oreja a oreja.

–Ven con nosotros.

En cuanto posó los ojos sobre él, Sienna se dio cuenta de que era un hombre distinto, un hombre relajado, en su elemento. Parecía feliz y hasta... humano. No era una máquina dedicada al trabajo, sino un hombre de familia, un padre que cuidaba de su hijo. Era increíble. Totalmente increíble. Sienna llegó a sentir que los ojos se le llenaban de lágrimas. Jamás hubiera imaginado que llegaría a ver aquella escena.

–Mamá, mira –la llamó Ethan–, puedo nadar de espaldas. Papá me ha enseñado.

–¿Por qué no te vienes? –insistió Adam–. Así te entrará hambre para el desayuno.

–No, gracias –contestó Sienna. No quería estropear aquel momento entre padre e hijo. Ethan estaba en el paraíso, y era comprensible que idolatrara a Adam–. Voy a preparar el desayuno mientras vosotros seguís bañándoos.

Para cuando tuvo el desayuno listo, Adam y Ethan se había duchado y vestido. Sienna había oído reír a Ethan mientras su padre los secaba y el rumor de su risa la hizo feliz.

Después de desayunar, ellos, unos sándwiches y ella, cereales, y tras acabar de recoger la cocina, Adam sugirió que fueran a dar un paseo a Hampstead Heath donde Ethan podría correr hasta hartarse.

–¿Habéis ido alguna vez? –preguntó a Sienna.

–No. Entre otras cosas, porque no tengo coche.

–Eso tendremos que solucionarlo –dijo Adam–. Siempre puedes contar con mi chófer, pero a veces querrás conducir tú misma.

A Sienna le inquietaba que Adam fuera tan amable, pero prefirió no pensar en ello y se entretuvo preparando un picnic para el que acabó siendo uno de los mejores días de toda su vida.

Adam se portó como un niño que hubiera hecho novillos. Él y Ethan jugaron al fútbol, los tres, al escondite; e incluso cazaron una mariposa. Y durante todo el día, Ethan no paró de reír

Sienna se sintió plenamente relajada. Nunca había visto a Adam actuar de aquella manera. Como siempre era tan serio, había llegado a creer que debía haber sido así desde niño. Pero con Ethan estaba dejando que el niño que llevaba dentro saliera a la superficie, como si con ello confiara en recuperar lo años perdidos

Por primera vez, Sienna se sintió culpable por no haber acudido a él en cuanto supo que estaba embarazada para dejar que participara en la vida de su hijo aunque ellos no estuvieran juntos.

–¡Mirad! –dijo Adam de pronto en una exclamación sofocada.

Estaban ante uno de los lagos, buscando peces en el fondo, cuando un martín pescador se posó en el extremo opuesto.

Ethan contuvo el aliento.

–¡Es precioso, papá! –musitó.

–Y tú tienes mucha suerte de haberlo visto.

–Y de que me hayas traído, papá.

Sienna sintió que la embargaba la emoción al ver a padre e hijo fundirse en un abrazo, y tuvo la seguridad de que también Adam estaba emocionado.

Después, tomaron el picnic. Habían llevado hojaldres de carne, sándwiches, patatas fritas y empanadillas; y hasta unos postres de bizcocho y gelatina que Sienna había encontrado en el congelador.

–Mis padres solían traerme aquí cuando era pequeño antes de que se separaran –dijo Sienna–. Tuve una infancia tan idílica que fue una lástima que.... –calló bruscamente al darse cuenta de lo que estaba contando.

–No es demasiado tarde –dijo Adam con dulzura–. Ethan tiene por delante los mejores años de su vida, ¿O acaso tú recuerdas lo que hiciste antes de los cuatro años?

–No demasiado –admitió Sienna–. Aunque me acuerdo de un triciclo, y de que en una ocasión me perdí. Mi madre tuvo un ataque de pánico, pero no tardé en aparecer.

Adam sonrió y le acarició el dorso de la mano con una delicadeza que hizo estremecer a Sienna.

–A mí me pasó algo parecido –dijo él–. Yo también adoraba mi triciclo. Se transformaba en cualquier cosa que quisiera: un coche de carreras, un tren, un tractor...

A Sienna no le costó imaginarlo de pequeño, con el cabello y los ojos como Ethan y su misma encantadora sonrisa. Estaba segura de que era temerario y que sus padres vivían en un permanente estado de preocupación.

–¿Ethan tiene bicicleta? –preguntó Adam, sacándola de sus reflexiones.

–No, pero sabe montar.

–Pues tendremos que comprarle una, ¿no te parece?

Que dijera «tendremos» en lugar de «tendré», que implicara que sería una decisión conjunta y no sólo de él, conmovió a Sienna. Aquél iba a ser, sin duda, uno de los días más felices de su vida.

Después de otro extenuante partido de fútbol, que

dejó a Ethan agotado, Sienna propuso que volvieran a casa. Ya en el coche, se quedó dormido al instante y Sienna hizo el viaje en silencio. Por primera vez, empezaba a albergar esperanzas de que Adam y ella pudieran hacer retroceder las agujas del reloj. Ya no podía negar la evidencia de que seguía enamorada del, de que, a pesar de todo, nunca había dejado de estarlo.

Para ello, Adam tendría que aprender que el hecho de que su padre se hubiera derrumbado al morir su madre, no significaba que a él le tuviera que suceder lo mismo. Además, Sienna no tenía la menor intención de abandonar el mundo por mucho tiempo. Quería vivir junto a Adam hasta convertirse en una ancianita.

Aquella noche, el sexo fue mejor que nunca, como si el día que habían pasado juntos los hubiera unido y hubiera intensificado sus sentimientos; y a lo largo de los siguientes días, Sienna intentó demostrar a Adam de todas las maneras posibles que lo amaba.

Sin embargo, los labios de Adam no articularon en ningún momento la palabra «amor». Deseaba a Sienna, gozaba con ella y adoraba a su hijo. Cumplió su promesa y nunca se quedó a trabajar hasta tarde, pero Sienna tuvo que aceptar la evidencia de que todo lo hacía por el bienestar de Ethan.

Su abuelo permaneció ingresado en el hospital, pero apenas fue a visitarlo.

—¿Te parece bien que vaya yo a verlo? —sugirió Sienna una noche que sentía lástima por el anciano. Estaban sentados en el jardín, después de cenar, en una noche tibia, perfumada por la fragancia de las rosas y con el canto de los pájaros como música de fondo—. Debe ser muy triste pasar tantas horas en la cama sin recibir visitas que rompan la monotonía.

Aunque nunca se hubiera relacionado con el abuelo de Adam, sentía que debía ocuparse de él. Pero Adam sacudió la cabeza.

—No le gustaría.

—¿Por qué no? —Sienna enarcó sus finas cejas desconcertada—. ¿Cómo lo sabes?

Adam exhaló un suspiró mientras parecía buscar las palabras apropiadas.

—Porque... porque nunca le has gustado, Sienna. Tú eres la causa de que nos peleáramos.

Sienna sintió que el corazón se le paraba y luego empezaba a latir aceleradamente.

—¿No le gusto? ¡Pero si nunca le he hecho nada!

No tenía ningún sentido. ¿Cómo era posible que Adam y su abuelo hubieran dejado de hablarse por su causa? Por más que intentó recordar alguna ocasión en la que hubiera podido ofenderlo, no lo consiguió.

En lugar de contestar, Adam se limitó a decir:

—Es agua pasada, Sienna. El abuelo y yo nunca nos pondremos de acuerdo. Nos parecemos demasiado. Los dos somos testarudos y orgullosos, y estamos demasiado obsesionados por el dinero.

Su abuelo había hecho su fortuna en el mundo de la publicidad. Sienna se había preguntado a menudo por qué Adam, en lugar de seguir los pasos de su padre, que había permanecido en la empresa familiar, se había empeñado en crear su propio negocio en la construcción.

—En cualquier caso, no me gusta ser la causa de vuestra ruptura. Debería ir a hablar con él.

—¡Ni se te ocurra, Sienna! Es demasiado tarde.

La mirada de Adam adquirió una frialdad y un brillo desafiante que Sienna no comprendió.

Aquella noche no hicieron el amor. Adam le dio la

espalda y aunque Sienna quiso abrazarse a él y decirle que le comprendía y que sentía pena por su abuelo, no se atrevió a hacerlo.

Adam había erigido una barrera a su alrededor y Sienna sabía que sólo él podía demolerla. Era una verdadera lástima teniendo en cuenta lo bien que se estaban llevando. Adam se había mostrado con ella mucho más cariñoso que en toda su vida de casados, como si la paternidad hubiera transformado su carácter.

Pero el episodio de aquella noche parecía haber dado al traste con aquellos días de felicidad. Y todo, porque Sienna había sugerido ir a visitar a su abuelo. ¿Por qué no le habría dicho Adam antes que no le caía bien? Estaba segura de que, con un poco de comprensión y esfuerzo, podría haberle hecho cambiar de idea.

Adam apenas pegó ojo porque en el fondo sabía que debía reconciliarse con su abuelo. Cuando Ethan creciera y fuera padre, a él le espantaría que sus nietos lo odiaran como él había odiado a su abuelo todos aquellos años.

Aunque la culpa de su distanciamiento fuera de su abuelo, Adam se sentía diferente desde que era padre, y se dio cuenta de que no quería que se muriera creyendo que nadie lo quería.

Apenas hacía unas semanas, no habría sentido lo mismo, y sabía que tenía que agradecer a Sienna y a Ethan aquel radical cambio en sus sentimientos. Ella le estaba enseñando que las relaciones necesitaban esfuerzo, que había que cuidarlas. El amor debía ser conquistado, y nacía de la comunicación y de la honestidad. Y cuando éstas faltaban....

Durante todos aquellos años había vivido obsesionado con un objetivo y no había permitido que nada ni nadie se interpusiera en su camino.

Ese comportamiento egoísta le había costado una mujer y los primeros años de su hijo. Pero cambiar tampoco era sencillo, y menos aún desde que la visita a su abuelo había despertado en él viejos rencores. No era tan fácil perdonar y olvidar.

Sólo lo conseguía con Sienna. En la cama, con ella, el mundo era un lugar perfecto en el que existía la felicidad plena. Todo lo demás no importaba porque el presente era la eternidad.

Y por eso aquella noche fue un infierno.

Capítulo 11

ME GUSTARÍA ir contigo –dijo Sienna a Adam, mirándolo expectante. Aunque su abuelo no le cayera bien, estaba convencida de que recibir visitas le haría bien.

–No quiero que dejes a Ethan –dijo Adam, cortante.

–Marie se quedará con él.

Marie era la mujer que ayudaba a diario con las tareas domésticas y que siempre se ofrecía a cuidar de Ethan.

–¿De verdad crees que mi abuelo se va a alegrar de verte?

El lenguaje corporal de Adam, en tensión y con la mirada velada, era lo bastante explícito como para que Sienna supiera que estaba radicalmente en contra.

–¿Quieres decir que todavía me odia? –Sienna empezaba a encontrar la situación completamente absurda–. ¿Por qué estás tan seguro?

–No sabe que hemos vuelto a estar juntos.

La noticia dejó a Sienna perpleja.

–¿No se lo has dicho? ¿Ni siquiera le has hablado de Ethan?

Vio un destello en los ojos de Adam, que al instante adoptó una expresión inescrutable.

–No he creído que fuera necesario. Olvidas que está muy grave. No quiero angustiarlo.

–¿Angustiarlo? –repitió Sienna alzando la voz–. ¿Por qué iba a angustiarlo saber que tiene un bisnieto?

Lo lógico hubiera sido que le diera ganas de vivir, excepto si la odiaba hasta el extremo de que saber que Adam tenía un hijo con ella pudiera poner su recuperación en peligro. ¿Era eso lo que Adam quería insinuar?

–No conoces a mi abuelo –dijo Adam con amargura–, pero si te hace feliz, se lo contaré hoy mismo. Pero te advierto que lo más seguro es no quiera saber nada ni de ti ni de él.

–¡Es increíble! –exclamó Sienna–. Sois una familia realmente extraña.

Exhaló un suspiro de impaciencia e incredulidad y salió al jardín, donde dio una patada a una brizna de hierba que había osado asomar entre las baldosas del sendero. Como era de esperar, Adam había contratado un jardinero, un encargado del mantenimiento de la piscina y una mujer de la limpieza que acudía a diario a pesar de las protestas iniciales de Sienna.

Y todos esos detalles bullían en aquel momento en la mente de Sienna, encolerizándola. Adam, el hombre que podía permitirse todo lo que quisiera, tenía miedo decirle a su abuelo que había vuelto con su esposa y que tenían un hijo. Era completamente ilógico. O el mundo o ella se estaban volviendo locos. No debía haber vuelto junto a Adam. Ethan y ella habían sido felices hasta entonces. Y aunque no podía negar que Ethan seguía siéndolo, incluso más que en el pasado, lo cierto era que adoraba a su padre porque era demasiado pequeño como para ver sus defectos. Sólo sabía que tenía un padre con el que jugar, que le leía cuentos y le compraba magníficos regalos. Vivía en un mundo color de rosa.

Por su parte, Adam sabía que lo justo era hablarle a

su abuelo de Sienna, pero no era tan sencillo. Ella no sabía toda la verdad y él no quería contársela cuando su relación empezaba finalmente a funcionar, y ni quería ni podía arriesgarse a estropearla. Si perdía a Sienna, tendría que resignarse a perder a Ethan, a no ser que estuviera dispuesto a entrar en batalla encarnizada con ella. Y eso era algo que debía evitar por todos los medios.

—Así que por fin has venido a verme —el abuelo de Adam estaba sentado en la cama, reclinado sobre las almohadas. Aunque pálido, su mirada tenía un brillo sorprendentemente fiero—. Ya era hora.

Adam gruñó para sus adentros. Le alegraba ver que su abuelo hubiera mejorado, pero no quería discutir con él.

—Me alegro de que te encuentres mejor, abuelo.

—No será por tu ayuda —James Farley tenía el cabello cano e hirsuto, y unos ojos grises con una forma similar a los de su nieto—. ¿Qué te ha tenido tan ocupado como para que no pudieras venir a verme?

—Pensaba que no estabas lo bastante bien como para recibir visitas —respondió Adam, mintiendo a medias.

—¡Menuda estupidez! ¡Tú siempre haces lo que te viene en gana!

—Será que me parezco a ti.

Siempre acababan así. Adam se había propuesto mantener la calma, tener una conversación como las que mantenían abuelos y nietos, había pensado hablarle de su bisnieto, pero en cuestión de segundos se enzarzaban en una pelea.

—Es una lástima que tu padre no tuviera el mismo arrojo.

Adam estaba de acuerdo con él. Si su padre no se hubiera hecho añicos al morir su madre, él y su abuelo no habrían roto su relación por Sienna. Era un círculo vicioso del que no sabía cómo salir. Por eso no tenía el valor de decirle que había vuelto con ella. Sabía que despertaría la cólera de su abuelo y hasta temía que la noticia lo matara, y ésa era una responsabilidad que no quería asumir.

Así que decidió hablar de trabajo.

–Me va mejor de lo que nunca soñé. He ampliado el negocio a Europa y América, y no dejo de crecer.

En lugar de mostrarse impresionado, el viejo dijo con desdén:

–No habrías conseguido nada de eso de no haberte librado de Sienna. Ella te habría retenido y te habría impedido ver con claridad. Habrías repetido la historia de tu padre. Él amaba demasiado a tu madre y no supo vivir sin ella. Tú estás mucho mejor solo, no lo olvides.

Mucho después de dejar el hospital, esas palabras seguían repitiéndose en la mente de Adam. También él había creído siempre que estaba mejor sin Sienna, que de haber seguido con ella no habría alcanzado el éxito. Pero el éxito no le había proporcionado la felicidad.

Hasta volver a encontrarse con Sienna y descubrir a Ethan no había reparado en lo solo que estaba. Nunca había imaginado la alegría y el bienestar emocional que descubriría al saber que tenía un hijo tan maravilloso como Ethan.

Su vida había adquirido un nuevo sentido. Adoraba tirarse por el suelo para jugar con él, hacer carreras de coches, nadar en la piscina. Y sobre todo adoraba el sentimiento cálido y la profunda emoción que despertaba en él que lo llamara «papá».

Pero incluso más que todo eso, adoraba que Sienna hubiera vuelto a formar parte de su vida.

Nunca antes se había dado cuenta de lo que se perdía. Sienna había dotado a su matrimonio de un nuevo significado. No sólo era maravillosa en la cama, sino que lo ayudaba a mantener los pies sobre la tierra. Le había enseñado que la vida familiar era mucho más enriquecedora que ganar dinero.

Eso era un aspecto en el que estaba en completo desacuerdo con su abuelo.

Sienna lo estaba esperando. En su ausencia, había tratado de imaginar la conversación que mantendría con su abuelo. James Farley habría reaccionado inicialmente con sorpresa al saber que estaban juntos de nuevo, quizá con perplejidad, pero habría acabado alegrándose. Le costaba creer que, después de tanto tiempo, siguiera rechazándola. Saber que tenía un bisnieto lo habría dejado atónito, y una vez asimilara la idea, querría conocer a Ethan.

También Ethan se entusiasmaría al saber que tenía un bisabuelo. Le haría sentirse importante ante sus compañeros de clase. Un bisabuelo era mucho más impactante que un abuelo.

Su padre se había mudado a Nueva Zelanda tras divorciarse de su madre, y nunca más había tenido noticias suyas. Su madre se había vuelto a casar y vivía en Irlanda, pero Sienna se lamentaba de lo poco que se veían. Sólo mantenían contacto telefónico, pero no era lo mismo que verse en persona.

Adam parecía cansado cuando llegó a casa. Tenía huellas de tensión en el rostro, y cuando esquivó la mirada de Sienna, ésta intuyó lo que había sucedido.

–No has hablado con él, ¿verdad? –preguntó airada, sin esperar a que Adam hablara–. A pesar de haberlo prometido, no se lo has dicho.

Su enfado provocó la ira de Adam.

–¡Mi abuelo está muy enfermo!

–¿Qué quieres decir con eso, que la noticia sería un shock? Pensaba que saber que tiene un bisnieto de cuatro años lo animaría, pero se ve que tú opinas lo contrario.

Adam se aproximó a ella con gesto amenazador, en tensión y con las aletas de la nariz dilatadas. Sienna supo que estaba caminando por una cuerda floja, pero algo la impulsó a seguir. Ethan merecía conocer a su bisabuelo y viceversa. ¿Por qué a Adam le costaba tanto entender algo tan sencillo? ¿Por qué era tan terco y obstinado?

–No puedes seguir actuando como si no tuvieran la misma sangre. Ethan será como un rayo de luz en su vida. No sé por qué eres tan negativo.

–No tienes ni idea de lo que dices, Sienna –dijo Adam, frotándose la nuca con cara de cansancio.

–Pues explícamelo.

Adam le dirigió una mirada con la que implicó que estaba siendo irracional, pero Sienna no estaba de acuerdo. Desde su punto de vista, su petición era perfectamente lógica y era Adam quien se comportaba irracionalmente.

Cuando vio que Adam daba media vuelta y se marchaba, supo que no tenía sentido seguir intentándolo, que sólo conseguiría empeorar las cosas, así que decidió olvidarlo por el momento.

Aquella noche, en contra de lo que había esperado, Adam la tomó en sus brazos y la estrechó con fuerza.

–Sienna, ha sido un día espantoso. Te necesito más que nunca.

Sienna pensó que debía decirle que no haría el amor con él hasta que hablara con su abuelo, pero su proximidad le hacía enloquecer y su cuerpo se fundió con el de él en cuanto Adam le hizo la primera caricia. Desde ese instante, Sienna ya no pudo pensar en nada más que en él; todo lo demás quedó en un segundo plano, reemplazado por el deseo de dar y recibir todo lo que Adam quisiera ofrecerle, de entregarse a él para ayudarlo a olvidar su tormento.

En aquella ocasión, Adam se saltó los preliminares y la penetró como si fuera el último deseo que la vida le concediera, y Sienna sintió que moría para ser elevada al paraíso.

Más tarde, cuando ambos habían recuperado el aliento, Adam la acarició con delicadeza, buscando sus puntos erógenos. Sabía cómo mordisquear y succionar sus pezones hasta que Sienna se retorcía y gemía suplicando que volviera a perderse en ella. Sabía que besando la parte de atrás de su oreja conseguía una respuesta similar; o que también su ombligo respondía a su tacto.

¡Tantos puntos de su cuerpo que le proporcionaban un indescriptible placer!

Cuando Adam fue a penetrarla, Sienna lo detuvo.

–¡No! –susurró–. Ahora te toca a ti.

Y lo torturó como él acababa de hacer con ella, mordisqueando y lamiendo, descendiendo por su torso cada vez más abajo hasta que, antes de que llegara a su objetivo, Adam la tomó por los hombros y la hizo sentarse a horcajadas sobre él.

–Tómame, Sienna, ahora, enseguida.

Era la primera vez que invertían posiciones, y Sienna se sintió poderosa meciéndose sobre él, marcando el ritmo. Hasta que Adam emitió un profundo gemido y la tumbó, colocándose sobre ella y estallando en su interior.

Sienna se desperezó lánguidamente. Se sentía feliz y satisfecha, y habría querido que Adam le hiciera el amor una vez más. Pero la cama estaba vacía y al ver una nota sobre la almohada en la que le decía que había ido a trabajar, Sienna sonrió emocionada porque era la primera vez que Adam se tomaba la molestia de escribir un mensaje.

Mientras se duchaba, pensó en su abuelo. Era posible que no le cayera bien a James Farley, pero eso no significaba que debieran ocultarle la existencia de Ethan. En contra de lo que pensaba Adam, Sienna decidió en aquel mismo momento ir a ver al abuelo después de dejar a Ethan en la guardería. Ya se enfrentaría a la ira de Adam más tarde.

Su corazón latía con fuerza cuando entró en el hospital. Cuando dijo a quién quería ver, la condujeron a una sala luminosa, donde el abuelo de Adam estaba sentado en una silla de ruedas, mirando por la ventana. Desde ella se veía un jardín en cuya fuente central bebían unas palomas.

Él giró la cabeza y la miró prolongadamente con severidad. Tanto, que Sienna llegó a preguntarse si la reconocía. Pero él la sacó de dudas al decir con aspereza.

−¿Qué haces aquí?

Sienna pensó que no era un inicio demasiado prometedor, aunque intentó pasarlo por alto y sonrió.

–Pensaba que te iría bien tener una visita.

El viejo dejó escapar una risita desdeñosa.

–Depende de quién la haga.

Sienna no se inmutó.

–Como Adam está trabajando he pensado que...

Una exclamación de disgusto y una mirada incendiaria la dejaron muda.

–¡Así que has conseguido volver a entrar en su vida! ¡No te das cuenta de que es un hombre muy ocupado y no puede permitirse que lo distraigas!

Sienna empezaba a comprender que Adam no le hubiera hablado de Ethan. James Farley siempre había sido un hombre difícil, pero había empeorado con la edad.

Por un instante no supo si era mejor decirle que Adam y ella tenían un hijo, o si intentar ganárselo primero.

–Supongo que en el fondo siempre hemos estado enamorados –mintió, confiando en que el anciano no supiera que su nieto era incapaz de amar.

–¿Y habéis tardado cinco años en daros cuenta?

A Sienna le sorprendió que tuviera una idea tan precisa del tiempo que habían estado separados.

–Los dos hemos estado muy ocupados –dijo, encogiéndose de hombros.

–¡Es un pelele!

–Lamento que tengas esa opinión de él –tras una breve pausa, Sienna continuó–: ¿Puedo sentarme?

–¿Para qué quieres quedarte?

–Porque nunca llegamos a conocernos y he pensado que...

–¡Has pensado que también me conquistarías a mí para que te incluya en mi testamento!

Sienna abrió los ojos como platos.

–¡Claro que no!

–Más te vale, porque no vas a recibir nada de mí.

A Sienna le asombró la amargura que transmitía y se preguntó si saber de Ethan la aumentaría o, por el contrario, le haría ablandarse.

Finalmente decidió que ésa era la razón de haberse decidido a ir a verlo y que tenía que cumplir su misión. Quizá saber que tenía un bisnieto le sirviera de incentivo para seguir viviendo. Quizá era la soledad lo que le había vuelto tan arisco.

–Si no quieres que te haga compañía, me voy –dijo, a la vez que pensaba en cómo darle la noticia de la mejor manera posible a medida que se acercaba a la puerta–. Venía a decirte algo que creía que debías saber, pero...

–¡Espera! –aunque tenía la voz trémula, el anciano seguía transmitiendo autoridad–. Si has venido por una razón concreta, ten la decencia y la valentía de decírmelo.

Sienna fijó sus ojos azules en los grises ojos de James Farley y tragó saliva.

–Se trata de algo que te debía haber dicho Adam, pero que no ha sido capaz. Tenemos un hijo. Se llama Ethan y tiene cuatro años.

Un silencio sepulcral siguió a sus palabras durante el que Sienna llegó a pensar que había ido demasiado lejos, que la noticia lo mataría. Pero por sorpresa, sus labios se curvaron en un amago de sonrisa.

–¿Tengo un bisnieto? –preguntó. Sienna asintió con la cabeza y esperó–. ¿Por eso has vuelto con Adam?

–Sí –musitó ella.

–¿Y por qué has tardado tanto?

–Para Adam el trabajo siempre fue lo primero. Temía enfurecerlo y que me rechazara, o que me acusara de impedirle desarrollar su carrera profesional.

–Eso habría sido verdad –dijo el anciano.

–Sé que eso es lo que piensas –dijo Sienna, alzando la barbilla con gesto desafiante–, y que por eso nunca te he gustado.

–¿Te ha dicho Adam eso? –preguntó él, frunciendo el ceño. Cuando Sienna asintió, él continuó–. Sin embargo, eso no te ha impedido venir hoy aquí. Eres una mujer valiente. Al final decidiste que Adam debía saberlo. Y ahora has querido que lo supiera yo. Te había subestimado. ¿Sabe Adam que has venido?

–No –dijo ella con un hilo de voz.

–¿Por qué no me lo dijo él mismo?

–¿De verdad necesitas que conteste esa pregunta? –dijo Sienna, esbozando una sonrisa.

–Supongo que no le he dado ocasión. Ahora mismo estoy conmocionado. ¿Te parece que pida que nos traigan un té?

A Sienna le sorprendió lo bien que había asimilado la noticia. En cierto momento había asumido que le daría lo mismo saber que tenía un bisnieto, pero descubrir que Ethan existía parecía haber obrado un pequeño milagro.

Sienna pasó una hora más con él, charlando sobre el niño y sobre cómo habían transcurrido los últimos años juntos; y prometió que llevaría a Ethan a visitarlo.

Luego volvió a casa sintiéndose pletórica, pero su alegría le duró sólo hasta que le contó a Adam dónde había estado.

Adam dejó escapar una maldición y Sienna adivinó lo que estaba pensando.

–¿Te ha echado? –preguntó él.

–Inicialmente, sí. Pero después de hablarle de Ethan nos hemos hecho grandes amigos –Sienna tuvo que contener la risa al ver la cara de Adam–. ¿No me crees?

–¿No se ha enfadado?

–En cuanto ha sabido que tenía un bisnieto se le ha transformado el carácter y se ha vuelto un viejecito encantador.

Adam abrió los ojos como platos.

–No te creo.

–Bueno, quizá encantador no sea la palabra adecuada –dijo ella, riendo–, pero me ha tratado con cordialidad y está deseando conocer a Ethan. ¿Qué te parece si vamos a verlo el fin de semana?

Adam no quería pensar. Cuando Sienna le había anunciado dónde había estado había temido lo peor, y más aun cuando dijo que había hablado a su abuelo de Ethan. Aunque no sintiera afecto por él, tampoco quería poner en riesgo su recuperación.

Y sin embargo Sienna le decía que James Farley estaba ansioso por conocer a su bisnieto. Adam sintió que la cabeza le daba vueltas ¡Ethan lo había vuelto a reunir con Sienna e iba a ser el motor de la reconciliación con su abuelo! ¡Debía tener poderes mágicos!

Sacudió la cabeza.

–Parece increíble.

–Pues te aseguro que es verdad –dijo Sienna con una de sus maravillosas sonrisas antes de rodearle la cintura con los brazos y alzar el rostro hacia el de él–. Hoy es un día muy feliz.

Pero su felicidad duró poco.

No le dijo nada a Ethan sobre su bisabuelo porque

quería que fuera una sorpresa y para evitar que pasase lleno de ansiedad los días que quedaban para conocerlo.

Sin embargo, Ethan nunca llegaría a encontrarse con él. Adam recibió una llamada el viernes por la noche anunciándole que su abuelo había fallecido de un segundo ataque al corazón.

Capítulo 12

SIENNA sintió unas lágrimas rodar por su mejilla. Había estado ilusionada con la idea de llegar a conocer al abuelo de Adam mejor, y ver la relación que él y Ethan establecían.

Pero ya era demasiado tarde. Y Sienna no podía evitar angustiarse al pensar que su visita podía haber acelerado su muerte.

Adam dio media vuelta y se alejó, y Sienna temió que también él la culpara o que se arrepintiera de no haberse reconciliado con su abuelo antes de su muerte. Habría querido acercarse a consolarlo, pero no lo hizo por si no era bienvenida.

Al menos tenían el consuelo de saber que James no había sufrido. Pero la tristeza cayó sobre ellos como una neblina durante los siguientes días, en los que Adam tuvo que encargarse de organizar el funeral al que sólo acudieron ellos dos porque todos los amigos de James habían fallecido.

Ese día, por la noche, cuando Ethan ya se había acostado sin tener idea de que había sido un día traumático para su padre porque Sienna había pensando que no tenía sentido hablarle de la muerte de alguien a quien no había conocido, ella preguntó a Adam por qué le caía mal a su abuelo.

–Cuando fui a verlo pude sentir la intensidad de su

odio hacia mí. Sólo se dulcificó cuando le hablé de Ethan.

Adam suspiró profundamente y sacudió la cabeza.

–No es algo de lo que debamos hablar hoy –dijo. Y apretó los labios con determinación.

Pero Sienna insistió.

–Ya no puede hacerme daño. Lo único que sentí por él fue lástima.

–Si lo hubieras conocido de verdad no despertaría tu lástima –dijo Adam. Y fue hasta la ventana.

Sienna sabía que estaba luchando con sus demonios interiores. El aire parecía estar en suspensión, como si contuviera el aliento esperando a escuchar la historia de su abuelo.

–Precisamente porque no lo conocí querría que me lo contaras –dijo Sienna con dulzura.

Adam se volvió con una mirada de profunda tristeza.

–Decía que le recordabas a mi madre –dijo finalmente, tan bajo que Sienna tuvo que esforzarse para oírle–. Y él la odiaba por haberse muerto y haber sido la causa de la destrucción de mi padre.

Sienna vio que se le humedecían los ojos. Sabía que había adorado a su madre y supuso que la actitud de su abuelo sólo contribuyó a acrecentar su dolor.

Pasaron varios segundos en silencio. Sienna sintió compasión por él al percibir por la expresión de su rostro los tristes recuerdos que lo estaban asaltando, y sin embargo, no pudo contener el impulso de hacer una pregunta crucial.

–Entonces, ¿te casaste conmigo para demostrar que no tenía autoridad sobre ti?

–¡Por supuesto que no! –replicó él al instante.

Pero Sienna supo que nada le haría admitir una motivación tan despreciable para pedirle que se casara con él. Apretó los puños, clavándose las uñas en las palmas de las manos. Sabía que no era el momento oportuno para seguir con aquella conversación, pero no pudo parar.

–¿No? –insistió–. Y sin embargo, rompiste con tu abuelo por mi causa. No tiene sentido.

Nada tenía sentido. Todo era absurdo.

Adam exhaló un suspiro y apretó los labios en una fina línea antes de decir algo que golpeó a Sienna como un puñetazo en el pecho.

–Nos peleamos porque me dijo que si me casaba contigo me desheredaría.

Sienna contuvo el aliento y Adam continuó:

–No podía creer que me amenazara –sacudió la cabeza, reviviendo la escena–. ¿De verdad creía que me doblegaría, que no podría forjarme un futuro sin su dinero, que iba a consentir que él me dijera con quién o con quién no podía casarme?

Sus últimas palabras brotaron teñidas de rabia. Y después se hizo un profundo silencio.

Sienna sintió que la cabeza le daba vueltas y pensó que se iba a desmayar. ¡Adam se había casado con ella sólo por ir en contra de su abuelo y demostrarle que él hacía lo que quería, que nadie mandaba sobre él!

¡Era increíble!

Eso significaba que mentía al decir que era incapaz de amar por lo que le había sucedido a su padre. La verdad era que simple y llanamente, no la amaba. La única razón por la que se había casado con ella era plantarse ante abuelo. Ella no había sido más que un rehén en la lucha entre ellos dos.

Adam cerró los ojos para no ver la expresión de horror de Sienna. No era el día apropiado para mantener aquella conversación. Era un día para el luto, no para la revelación de secretos. Había cometido un error. Debía haber esperado. Quizá no debía habérselo contado nunca.

No se había dado cuenta de que lo que su abuelo pretendía era protegerlo y evitar que la historia se repitiera. Había querido evitar que llegara a amar tanto a Sienna que su vida sin ella perdiera sentido.

En ese instante, Adam se dio cuenta de que había sucedido lo inconcebible: amaba a Sienna profundamente, había caído en esa trampa, ya no podría vivir sin ella.

Pero Sienna lo miró con ojos de hielo.

—No puedo creerlo. Maldigo el día que te conocí, Adam. Creía que nos habíamos casado por amor. Sé que te acusé de amar más el trabajo que a mí, pero en el fondo no lo creía. Pensaba que me amabas de verdad. ¡Qué estúpida fui! Yo te amaba más de lo nunca podrías imaginar, pero ya no. Hemos acabado, Adam. Ojalá no nos hubiéramos vuelto a encontrar.

—¡No voy a dejar que te marches! —dijo Adam con fiereza.

Su mirada amenazadora dijo a Sienna que haría lo que fuera para detenerla, pero ella sabía que no lo conseguiría. Pronto sabría hasta qué punto hablaba en serio.

—Sienna... —Adam cruzó la distancia que los separaba para intentar aplacarla, pero Sienna fue más rápida y fue hasta la puerta.

—Se acabó, Adam —dijo antes de salir—. No tienes ni idea del daño que me has hecho. Dudo que se me pase a pesar de que no mereces que sufra por ti. Te odio con toda mi alma.

Corrió escaleras arriba. Necesitaba estar sola y pensar. Tenía el corazón partido en dos, su mundo había colapsado. Sollozando, se tiró sobre la cama y hundió la cara en la almohada.

No podía creer que Adam se hubiera casado con ella sólo por llevarle la contraria a su abuelo. ¿Qué clase de hombre era capaz de hacer algo así? ¿Y qué mujer en su sano juicio continuaría viviendo con alguien que lo admitía?

No amarla no le había impedido usar su cuerpo. De hecho, eso había sido lo mejor de su relación. Resultaba irónico que Adam le hubiera hecho sentir tan maravillosamente cuando la intención que lo motivaba era vengarse de su abuelo. Sienna apretó los labios mientras repasaba lo sucedido las últimas semanas. Todo parecía encajar. Había llegado a creer en un futuro feliz. Y en una fracción de segundo su vida se había hecho añicos. Jamás se había sentido tan vacía.

Se dio cuenta de que Adam sólo la besaba y abrazaba cuando hacían el amor. ¿Cómo no se había cuenta hasta ese instante de que sólo la quería como compañera de cama? Tenía que aceptar por mucho que le espantara que eso era todo lo que había querido de ella.

Ya no le cabía la menor duda de que tenía que marcharse aunque todavía no supiera a dónde. Su objetivo era escapar, pero tendría que reflexionar. No podía olvidar que Ethan adoraba a su padre y que le destrozaría perderlo.

Había pensado que Adam la seguiría, pero no fue así, y tuvo tiempo para reflexionar. No supo cuánto tiempo había pasado echada en la cama, pero se quedó dormida y al cabo de un rato se despertó temblando. Se tapó con las sábanas sin desnudarse, pero ya no se durmió. La cama a su lado estaba vacía. Le daba lo mismo. Adam podía irse al infierno. Jamás le perdonaría lo que le había hecho. ¡Jamás!

La noche se le hizo interminable, pero al llegar la mañana ya había trazado un plan.

Afortunadamente, Adam se había ido a trabajar para cuando se levantó, y tras llevar a Ethan al colegio hizo varias llamadas.

Lo días que siguieron apenas hablaron. Sienna dormía en otra habitación y se levantaba temprano para que Ethan no notara nada raro. También Adam actuaba con normalidad, nadando con él, prometiendo que lo llevaría en barco, leyéndole cuantos al acostarle e incluyendo a Sienna en todo lo que hacía.

Su actitud despertó las sospechas de Sienna. Si Adam creía que actuando como si nada hubiera sucedido podía borrarlo, estaba muy equivocado. Por el bien de Ethan también ella disimulaba, pero en cuanto el niño se dormía, ignoraba a Adam y normalmente se encerraba en su habitación para ver la televisión o leer un libro.

Hasta que una noche Adam fue a buscarla.

–Esto está yendo demasiado lejos, Sienna. Tenemos que hablar –dijo, entrando sin molestarse en llamar a la puerta.

–¿De qué? –preguntó ella con aspereza–. ¿De que nunca me has amado ni me amarás? ¿De que nuestro matrimonio es una farsa y el pobre Ethan está atrapado en el medio? ¿Tienes una fórmula mágica para cambiar las cosas? Hemos terminado, Adam. Pronto me iré de aquí.

Adam la observó durante varios segundos conteniendo la ira.

–¿Y Ethan?

–Tienes derechos como padre que estoy dispuesta a respetar–dijo ella, apuntando que, tal y como esperaba, sólo mencionaba a Ethan porque que ella se marchara le era indiferente.

–¡Los derechos me dan lo mismo! Ethan no va a salir de esta casa. Ya he perdido bastantes años de su vida –dijo él, alzando la barbilla con determinación.

–Si de verdad crees que voy a quedarme atrapada en un matrimonio sin amor, estás muy equivocado, Adam.

–Tenemos que intentarlo por el bien de Ethan.

–No metas a Ethan en esto –Sienna cuadró los hombros y sostuvo la mirada de Adam con expresión retadora.

Adam no la convencería. Iba a marcharse y Ethan se iría con ella.

–¿Cómo no voy a meter en esto a Ethan si es parte de los dos? –la voz de Adam nunca había sonado tan amenazadora, y Sienna sintió que un escalofrío le recorría la espalda–. No pienso quedarme de brazos cruzados y que me lo quites.

Tendría que ser más cautelosa. Había sido un error anunciarle que se iba a ir. Adam observaría todos sus movimientos a partir de ese momento

Sienna suspiró.

–No sé en qué estaba pensando.

–Pues será mejor que reflexiones –masculló Adam–. Si no puedes soportar la idea, no tenemos por qué dormir juntos. Pero Ethan debe ser nuestra prioridad.

–Por supuesto –dijo Sienna, mirando al suelo para disimular que mentía.

–Entonces, no tengo nada que añadir.

Había tenido la esperanza de que después de la discusión, Adam fuera a vivir a su apartamento y que la distancia le permitiera aceptar la situación, pero se equivocó. Tras varios días de angustia, se decidió por el plan inicial. Ya había avisado a su madre de que aparecería en cualquier momento. Tenía la suerte de que Adam no sabía en qué parte de Irlanda vivía, y que encontrarla sería como buscar una aguja en un pajar.

El día que se escaparon, Sienna esperó a que Adam se fuera a trabajar para hacer las maletas, y le dijo a Ethan que iban a visitar a su abuela.

–¿Y papá? –preguntó él.

–Papá está ocupado y no puede venir.

–Pero, ¿lo veré pronto?

–Claro que sí –le tranquilizó Sienna, aunque no estaba segura de cuándo estaría dispuesta volver a encontrarse con Adam.

Sabía que no estaba siendo justa con Ethan y no quería que olvidara del todo a Adam, pero, por otro lado, no soportaba la idea de quedarse. Cada vez que recordaba que se había casado con ella para provocar a su abuelo, se ponía furiosa. ¿Qué clase de hombre era capaz de hacer algo así?

Quizá cuando se le pasara el enfado ni podría volver a verlo, pero entre tanto, Ethan tendría que ser feliz viviendo con su abuela en una nueva casa.

Sienna había anunciado su partida en el colegio, pero evitando dar detalles y había llamado a un taxi en lugar de al chófer de Adam para ir al aeropuerto. Además, había pagado el billete en metálico para que Adam no pudiera seguirle el rastro. Tenía que agradecerle que le hubiera abierto una cuenta corriente gracias a la cual, al menos por un tiempo, no tendría que preocuparse del dinero.

Aunque Ethan se había mostrado reticente a marcharse, se animó en cuanto supo que irían en avión.

–¡Qué bien, mamá! –exclamó al llegar al aeropuerto–. ¿Vamos en el avión de papá?

–¿Papá tiene una avión? –preguntó Sienna.

–Sí. Me dijo que si me portaba bien un día me llevaría a volar.

Aunque Sienna no lo sabía, no la sorprendió. Adam podía tener cualquier cosa que se pudiera comprar con dinero, aunque eso no le había convertido en mejor persona.

–Pues hoy no vamos en su avión –dijo. Y al darse cuenta de la aspereza con la que se había expresado, añadió–. Vamos en uno mucho más grande. Va a ser la mayor aventura de toda tu vida, Ethan.

El rostro de Ethan se iluminó.

–Gracias, mamá. Y luego podré contárselo a papá.

–Claro que sí –contestó Sienna, sintiéndose despreciable por el dolor que sabía que iba a causar a Ethan.

Pero era la única salida que le quedaba si no quería volverse loca. No podía seguir viviendo con un hombre que ni la amaba ni la había amado nunca.

Mientras esperaron a embarcar, Sienna estuvo alerta constantemente y sólo logró relajarse cuando el avión despegó.

Su madre los esperaba en Dublín. Sienna se abrazó a ella con los ojos anegados en lágrimas. Hasta que tuvo a Ethan no supo comprender el poder del vínculo entre madre e hijo, y al encontrar a la suya se dio cuenta de que, a pesar de no haberse visto en mucho tiempo, era demasiado fuerte como para romperse.

–¡Pero Ethan, estás enorme! –dijo la abuela, abrazándolo–. ¡Cómo has crecido!

–Tengo cuatro años y medio –dijo Ethan dándose aires de importancia.

–¿Y vas al colegio?

–Sí.

–Tienes que contármelo todo en cuanto lleguemos a casa.

Su casa estaba en la costa, a hora y media de Dublín, y Sienna no recordaba haber estado nunca en un lugar más apacible y acogedor. Ni tan perfecto para su estado de ánimo. Parte de su sentimiento de culpabilidad hacia Ethan se diluyó en cuanto se instalaron.

Su madre seguía siendo una mujer atractiva, de cabello rubio, ojos grises y buena figura; y era evidente que era feliz. Su marido, Niall, era artista y tenía un estudio al fondo de jardín. Estaba especializado en paisajes marinos, así que vivía en el lugar ideal.

Ethan se quedó fascinado con los pinceles y las pinturas, y el pobre Niall se vio sometido inmediatamente al bombardeo de sus preguntas, lo que dejó a Sienna un tiempo para hablar con su madre.

–¿Pasa algo? –preguntó Anne–. No quería preguntártelo hasta que llegaras.

Sienna suspiró profundamente.

–Fui a buscar al padre de Ethan.

–¿Y?

–Nos mudamos a vivir con él.

–¿Y no ha salido bien?

–No –Sienna sacudió la cabeza–. Creía que tenía derecho a conocer a Ethan, pero cometí un error. Aunque el peor error fue casarme con él.

Anne tomó las manos de Sienna.

–Todos nos equivocamos, cariño. Lo que importa es cómo salimos del error. ¿Tienes claro que huir es la me-

jor solución? Yo me divorcié de tu padre, pero tú nunca
has querido divorciarte de Adam. ¿Todavía lo amas?

Sienna tardó en contestar. Cuando lo hizo, se limitó
a decir:

—No lo sé.

A veces lo amaba y otras no. Era como estar subida
en una montaña rusa.

—Eso quiere decir que sí lo amas —dijo su madre, re-
flexiva—. De otra manera habrías dicho un «no» ro-
tundo.

Adam estaba ansioso por volver a casa. Cada día que
llegaba y encontraba a Sienna daba gracias al cielo.
Cuando le había dicho que se llevaría a Ethan, sintió que
el pecho se le partía en dos, como si le frotaran sal en una
herida.

Pero afortunadamente, la había persuadido de que se
quedara. Quería tener a Sienna a su lado el resto de su
vida. Para ello, tendría que aprender a ser paciente. Había sido una locura contarle lo de su abuelo.

Tendría que encontrar la manera de que lo perdo-
nara, aunque no creía que bastara con decirle que la
amaba. Pensaría que sólo lo hacía para recuperarla, para
arrastrarla a su cama; no lo creería.

Al entrar, un profundo silencio reinaba en la casa.
Era demasiado pronto como para que Ethan se hubiera
acostado, así que debían haber salido.

Adam aguzó el oído. Nada. El temor fue creciendo
en él y subió las escaleras de dos en dos, llamándolos a
voces.

La habitación de Sienna estaba vacía. También la de
Ethan. Abrió cajones y puertas de armarios. ¡Vacíos!

El corazón se le paralizó.

¡Sienna se había marchado! A pesar de prometerle que no lo haría, lo había abandonado y se había llevado a su hijo.

Adam sintió el impulso de sentarse en el suelo y llorar, de ocultar la cabeza entre las manos y sollozar.

Jamás había sentido un dolor tan profundo.

Capítulo 13

ADAM no comprendía cómo no había estado más alerta. Recordó lo que había dicho cuando creyó convencer a Sienna de que se quedara:

—No pienso quedarme de brazos cruzados y que me lo quites.

—No sé en qué estaba pensando.

—Pues será mejor que reflexiones. Si no puedes soportar la idea, no tenemos por qué dormir juntos. Pero Ethan debe ser nuestra prioridad.

—Por supuesto.

—Entonces, no tengo nada más que añadir.

Sienna había aparentado estar verdaderamente contrita, y él había creído que estaban de acuerdo en que Ethan los necesitaba a los dos.

Sin embargo, se había marchado y no había dejado rastro.

Lo primero que hizo Adam fue llamarla al móvil pero estaba desconectado. Luego fue a visitar a Jo. La antigua vecina de Sienna pareció sinceramente sorprendida con la noticia.

—No he sabido nada de ella. Creía que era feliz contigo.

—Yo también —masculló él—. ¿Tienes idea de dónde ha podido ir?

—La verdad es que no —dijo Jo, encogiéndose de hombros—. Supongo que a cualquier parte.

–¿Tiene amigos?

–Que yo sepa, no. Nunca me ha hablado de nadie especial.

Adam sintió que le hervía la sangre. ¿Cómo podía hacerle algo así Sienna? Peor aún, ¿cómo podía hacérselo a Ethan? Estaba siendo injusta con ambos.

¿Lo odiaba tanto que no podía soportar la ida de seguir viviendo con él? Por mucho que hubiera cometido un error fatal al contarle la razón de haberse casado con ella, ¿no le había demostrado en los últimos tiempos que la amaba? ¿Qué importancia tenía el pasado? ¿No era el presente lo que contaba?

Se dio cuenta de lo poco que sabía de Sienna. Por su falta de sensibilidad, había conseguido ahuyentarla. ¡Tenía la culpa de todo!

Y no sabía por dónde empezar. Revisó su cuenta y vio que había sacado una gran suma de dinero, pero que no había pagado nada con tarjeta. Incluso llamó al colegio de Ethan por si Sienna les había dejado una dirección de contacto. Pero no consiguió averiguar nada.

¿Qué más podía hacer? El chófer que había puesto a su disposición le dijo que no la había llevado a ninguna parte, así que tenía que haber tomado un taxi.

Era muy lista. No había dejado pistas.

Adam pasó días en vela. ¿Cómo iba a conciliar el sueño si no sabía dónde estaban Sienna y Ethan? ¿Y por dónde podían empezar a buscarlos? Estaba dispuesto a rastrear cada milímetro del país. Aunque también cabía la posibilidad de que hubiera dejado el país. ¿No había mencionado en alguna ocasión a un familiar que vivía en Australia?

Adam se desesperaba por momentos.

¡Pero siempre quedaba un resquicio! Podría ir a los

aeropuertos, enterarse de si había reservado un billete de avión. ¿No le había contado hacía años que su madre vivía en Irlanda? ¿Sería una locura empezar allí la búsqueda? Pensó y pensó, intentado recordar algo que Sienna le hubiera dicho que pudiera servirle de pista, pero su mente seguía en blanco.

Sienna estaba en guardia permanentemente, temiendo que Adam la localizara y fuera a buscarla enfurecido. Por más que hubiera borrado todas sus huellas, estaba convencida de que Adam removería cielo y tierra para encontrarlos. Por su parte, Ethan estaba encantado aprendiendo a pintar. Sienna se sentía muy orgullosa de él. Tenía una habilidad innata que Niall le animó a cultivar. Como era de esperar, preguntaba a menudo por su padre y Sienna siempre le contestaba que estaba muy ocupado, pero que pronto volverían a verlo.

Por su parte, ella intentaba ignorar el dolor que sentía y el hecho de que, por más que lo negara, seguía perdidamente enamorada de él. Su madre tenía razón, y en más de una ocasión se planteó volver junto a Adam.

Pero entonces recordaba que a él sólo le importaba Ethan, que ella sólo le había interesado como pareja sexual, y que el sexo no le compensaría la falta de amor.

–¡Adam!
–¡Peter! ¿Qué haces aquí?

Peter Wainwright era la última persona que Adam esperaba encontrar. Llevaba dos días en Irlanda, pero no tenía ni idea de qué dirección tomar. Lo único que había logrado averiguar era que Sienna había volado a

Dublín, pero a partir de ahí no había rastro de ella ni de Ethan.

Peter era un viejo conocido de trabajo, que había asistido a su boda.

–Tenía unos asuntos de negocios que resolver. Suponía que tú estabas por aquí porque ayer mismo vi a Sienna.

Adam se quedó paralizado, pero consiguió disimular la expectación que aquellas palabras habían despertado en él.

–No me lo ha comentado. ¿Dónde la viste?

Peter sonrió.

–Ella no me vio a mí. Estaba muy concentrada en vuestro hijo. Eres increíble, Adam, no me habías dicho que tuvieras un hijo. Es igual que tú. Porque es tuyo, ¿no?

–Claro que sí –dijo Adam precipitadamente.

Muy pocas personas fuera de su círculo íntimo sabían que se había separado de Sienna.

–Estaban en la frutería que queda al final de la calle –aclaró Peter cuando Adam empezaba a desesperarse por no tener respuesta a una pregunta que no quería repetir para no dar muestras de ansiedad–. ¿Estáis viviendo aquí?

–No, hemos venido a visitar a la madre de Sienna.

En cuanto se despidieron el uno del otro, Adam fue a la frutería y salió con una sonrisa en los labios.

–¡Es papá!

–No es posible, Ethan. Si hubiera venido a vernos, nos habría llamado –dijo Sienna. Pero aun así, su corazón se aceleró.

–¡Claro que es papá, mami! –antes de que Sienna pudiera detenerlo, Ethan había salido de la casa y gritando–. ¡Papá, papá! –y se arrojó en brazos de Adam.

Por la ventana, Sienna los vio abrazarse y cómo Adam giraba sobre sí mismo haciendo volar a Ethan. Eran el vivo retrato de la felicidad. Y en ese momento se dio cuenta de que había sido muy egoísta al privar a Ethan de un padre al que adoraba.

Adam llevaba una camisa negra y vaqueros, y parecía tan relajado como si estuviera de vacaciones, pero Sienna supo que sólo era una fachada exterior. Para localizarlos habría tenido que remover cielo y tierra y debía haber pasado un infierno. Lo sorprendente era que hubiera tardado tan poco tiempo en llegar a aquel remoto rincón de Irlanda.

El aire de la cocina estaba impregnado del olor a magdalenas recién horneadas. Ethan la había ayudado a hacerlas y su madre le había llevado un par a Niall para que las probara. Ethan parloteaba con Adam, abrazado a su cuello, y Sienna cerró los ojos para fijar aquella imagen en la mente en espera de lo que el futuro pudiera depararle.

Fue hasta la puerta y en cuanto su mirada se cruzó con la de Adam se le aceleró el pulso y sitió una oleada de calor.

Estaban a punto de vivir un momento decisivo en sus vidas.

Sienna necesitaba saber si Adam había acudido a arrebatarle a Ethan o si quería que ella los acompañara, pero aunque no apartó la mirada de él, no pudo leer en su rostro cuáles eran sus intenciones.

–Mamá, papá dice que ha venido a llevarme a casa.

Sienna sintió un peso en el pecho. ¡Así que sólo quería a Ethan! Alzó la barbilla y lo miró con dureza, esperando a que Adam corrigiera a Ethan, pero no fue así. Se detuvo a unos pasos de ella y finalmente habló:

—¿No vas a invitarme a pasar?

—¿Cómo nos has encontrado? —preguntó ella sin intentar disimular su irritación.

Adam se encogió de hombros.

—Eso da lo mismo. Tenemos que hablar de cosas mucho más importantes.

Sienna dio un paso atrás y le dejó pasar. Luego fue hasta el salón. Desde allí se veía el estudio de Niall, y a éste y a su madre charlando.

—Ethan, ¿por qué no vas a ver a la abuela y al abuelo? —dijo con dulzura.

—Pero...

—Papá y yo tenemos que hablar.

—Yo también quiero hablar con él. Le he echado de menos.

—¡Ethan! —dijo Sienna en un tono severo que bastó para que Ethan saliera corriendo.

Sienna sabía que su madre lo entretendría un rato para darle tiempo a estar a solas con Adam.

—Has hecho algo en el horno —dijo Adam, olfateando el aire—. ¡Qué bien huele!

Sienna no comprendía que charlara de asuntos banales cuando estaba allí para quitarle a su hijo.

—Estás muy guapa, Sienna —añadió él, al no obtener respuesta.

Sienna sabía que mentía. Estaba pálida, no llevaba una gota de maquillaje y había perdido mucho peso. Se dejó caer sobre una butaca mientras él permanecía de pie, mirándola fijamente.

—¿Por qué huiste?

–¿No está lo suficientemente claro?

–Prometiste que te quedarías.

Sienna miró a Adam desafiante.

–¿Qué mujer se quedaría junto a un hombre que no la ama y que nunca la ha amado?

Ella sabía bien la respuesta: una mujer enamorada.

Vio reflejados en el rostro de Adam un aluvión de sentimientos. Tristeza, rabia, resentimiento, pero ni amor ni ternura.

Habría dado cualquier cosa porque le dijera que no podía vivir sin ella, que quería que su matrimonio funcionara. En realidad lo que verdaderamente quería oír de sus labios era que la amaba.

–¿Crees que has sido justa con Ethan? –Adam se sentó frente a ella, con los codos apoyados en los muslos y las manos entrelazadas.

–Hacía mucho tiempo que Ethan no veía a mi madre –dijo ella a modo de excusa, recordándose que la única intención de Adam era arrebatarle a Ethan–. Lo está pasando muy bien, y no ha llorado ninguna noche porque te echara de menos.

–¿Y tú? ¿Has llorado por mí?

Adam la miró con una intensidad que hizo sentir a Sienna como si la atravesara una corriente eléctrica.

–¡Más quisieras! –dijo ella, ocultando su dolor bajo arrogancia–. No sé por qué nos casamos. Tú me engañaste, y no creo que pueda perdonarte en toda mi vida.

–No piensas que por el bien de Ethan...

–No metas a Ethan en esto –Sienna le lanzó una mirada centelleante.

–Podríamos conseguir que nuestro matrimonio funcionara.

Sienna miró a Adam unos segundos en silencio.

–¡No digas tonterías! –dijo finalmente.

–Los dos tendríamos que hacer un esfuerzo, evidentemente, pero...

–Pero qué, Adam. Los dos sabemos que tú no me amas, que nunca te importó que yo te amara. ¿Cómo quieres que olvide eso? ¿Cómo vamos a vivir como una pareja feliz ante los ojos de Ethan si nos odiamos?

Sienna observó a Adam. Casi podía oírle pensar.

–Yo no te odio, Sienna –dijo él en un tono casi inaudible y con una emoción que Sienna no supo descifrar.

–Como quieras –dijo ella, cortante–. La cuestión es que eso no es suficiente para que vuelva a vivir contigo.

–Te amo.

El mundo se paralizó. ¿Había dicho Adam que la amaba? Y si era así, ¿estaría siendo sincero? ¿Sería sólo una maniobra para conseguir a Ethan?

–¿De verdad crees que soy tan ingenua, Adam? Sé perfectamente lo que pretendes.

–Estoy siendo sincero, Sienna.

Adam la miró fijamente y ella sintió un escalofrío recorrerle la espalda. Si eso fuera de verdad posible...

–Reconozco que no siempre te he amado, aunque siempre te he encontrado extremadamente atractiva.

Eso sí lo había demostrado en la cama. Pero el matrimonio no era sólo sexo, sino amor, confianza mutua y honestidad. Y todos esos sentimientos habían estado ausentes de su relación.

–Fui un irresponsable al pedirte que te casaras conmigo. Quería provocar a mi abuelo, es verdad. Pero te aseguro que me he arrepentido cada día de mi vida. Luego me obsesionó alcanzar el éxito y demostrarle que no lo necesitaba. Inevitablemente, tú quedaste atrapada en el medio. Sienna, no sabes cuánto lo siento.

Adam parecía sinceramente arrepentido, pero Sienna no era tan inocente como para creerlo.

–Decir que lo sientes es fácil, Adam. Yo te amaba de verdad. ¿Tienes idea de lo que se siente al saber que has sido utilizada?

–Supongo que debe ser espantoso.

–Mucho peor que eso –Sienna le lanzó una mirada centelleante–. Cuando supe que estaba embarazada, quise suicidarme.

Adam dejó escapar un gemido y Sienna vio en sus ojos que sentía compasión, pero le daba lo mismo.

–¡Menos mal que no lo hiciste! –dijo él.

–No lo habría hecho. No tengo suficiente valor –confesó ella–. Pero así te haces una idea de cómo me sentía. Ahora Ethan es la mayor alegría de mi vida. Lo adoro, y cuando enfermó creí morir.

–No deberías haber pasado ese trago sola.

–Pero es que estaba sola, Adam. Siempre he estado sola. Y lo que no comprendo es por qué pensé que debía presentarte a tu hijo. Porque es eso a lo que has venido, ¿verdad? A quitarme a Ethan. Dices que me amas, pero...

–¡Sienna!

Adam pronunció su nombre con tal vehemencia que ella guardó silencio.

–Sienna, te amo.

Ella lo miró con desconfianza.

–¿No decías que temías amar?

–Y era verdad, por culpa de lo que le había pasado a mi padre –dijo él con firmeza–. Pero ahora sé que cuando uno está enamorado, es imposible intentar evitarlo.

–Mientras vivimos juntos no me amabas.

–Eso es verdad –admitió Adam, mortificado–. Pero ahora sí. No puedo soportar el futuro sin ti, Sienna.

Sienna empezaba a creer que hablaba en serio, pero algo le impedía llegar a aceptarlo. Ethan era tan importante para él que haría cualquier cosa por recuperarlo. ¿Cómo podría llegar a estar segura de que la amaba de verdad?

–Sé que tengo que cambiar –continuó Adam–. Trabajaré menos para pasar más tiempo con vosotros –Adam sonrió–. De hecho, he organizado tan bien mi empresa que podría delegar en mis directores sin que me echaran de menos. Siempre me dicen que trabajo demasiado. Pero era lo que quería hacer porque no había nada más en mi vida. En cambio ahora, Sienna, tengo una maravillosa familia y un futuro ante mí con un hijo al que adoro y una mujer de la que estoy profundamente enamorado.

Adam se expresó con tanta angustia y tanta honestidad que Sienna tuvo finalmente la seguridad de que decía la verdad. Una nueva energía la recorrió de los pies a la cabeza, como si en sus venas corriera nueva savia que le devolviera la vida.

–Estás hablando en serio, ¿verdad? –dijo, entre incrédula y feliz.

–Más en serio de lo que he hablado en toda mi vida.

Sienna creyó que el corazón le estallaría. ¡Adam la amaba! El milagro se había producido en aquel precioso rincón de Irlanda de aire puro y espectacular belleza.

–Sé que tú ya no me amas, pero...

–¡Adam, claro que te amo! –Sienna se inclinó hacia adelante para posar los dedos en sus labios–. Nunca he dejado de amarte –lo había intentado con todas sus fuerzas, pero no lo había conseguido–. Me has hecho sufrir, pero también me has hecho gozar. Y siempre te he amado.

La expresión de incredulidad de Adam le hizo sonreír.

–¡No te merezco! –dijo él, tirando de ella hacia él y abrazándola–. Dime que no estoy soñando.

–No estás soñando.

Ni ella tampoco. En la mirada de Adam había una profunda humildad, algo que Sienna jamás había esperado en él.

Adam había sido vencido por el amor. Era como si hubieran sido bendecidos por un hada madrina. El pasado, con su dolor y su sufrimiento, se había evaporado y sólo quedaba un futuro de felicidad por delante.

Los tres, juntos... y la incipiente vida que palpitaba ya en el interior de Sienna.

Sin dinero y en venta…

Cuatro años atrás, Sophie había amado a Nikos Kazandros con todo su corazón. Lo que no había imaginado era que Nikos le robase la virginidad y después la abandonara…

Ahora, necesitada de dinero, recurrió a un trabajo que jamás habría considerado de no ser por encontrarse en una situación desesperada. Pero todo salió mal desde la primera noche, cuando se encontró con Nikos accidentalmente.

Nikos se escandalizó al ver cómo se ganaba la vida Sophie y decidió poner fin a aquello. Pero la única forma de conseguirlo era no perderla de vista y pagar por pasar tiempo con ella…

Mujer comprada

Julia James

Acepte 2 de nuestras mejores novelas de amor GRATIS

¡Y reciba un regalo sorpresa!

Oferta especial de tiempo limitado

Rellene el cupón y envíelo a
Harlequin Reader Service®
3010 Walden Ave.
P.O. Box 1867
Buffalo, N.Y. 14240-1867

¡Sí! Por favor, envíenme 2 novelas de amor de Harlequin (1 Bianca® y 1 Deseo®) gratis, más el regalo sorpresa. Luego remítanme 4 novelas nuevas todos los meses, las cuales recibiré mucho antes de que aparezcan en librerías, y factúrenme al bajo precio de $3,24 cada una, más $0,25 por envío e impuesto de ventas, si corresponde*. Este es el precio total, y es un ahorro de casi el 20% sobre el precio de portada. ¡Una oferta excelente! Entiendo que el hecho de aceptar estos libros y el regalo no me obliga en forma alguna a la compra de libros adicionales. Y también que puedo devolver cualquier envío y cancelar en cualquier momento. Aún si decido no comprar ningún otro libro de Harlequin, los 2 libros gratis y el regalo sorpresa son míos para siempre.

416 LBN DU7N

Nombre y apellido	(Por favor, letra de molde)	
Dirección	Apartamento No.	
Ciudad	Estado	Zona postal

Esta oferta se limita a un pedido por hogar y no está disponible para los subscriptores actuales de Deseo® y Bianca®.
*Los términos y precios quedan sujetos a cambios sin aviso previo.
Impuestos de ventas aplican en N.Y.

SPN-03   ©2003 Harlequin Enterprises Limited

Deseo™

El mejor de los amigos

NICOLA MARSH

Abby Weiss podía convertirse en una afamada estilista gracias a una sesión de fotos de dos semanas en una paradisíaca isla tropical. Y aún mejor: Judd Calloway, su mejor amigo, sería el fotógrafo.

Nada podría ser más divertido que trabajar a su lado... excepto vivir unas tórridas noches de pasión con él. Tras años sin verse, Judd se había convertido en un hombre muy atractivo, además de encantador. Abby no podía quitarle las manos de encima... y la atracción era mutua.

Trabajadora por el día...
traviesa por la noche

Bianca™

El rey guardaba un secreto...

Nadie en el reino de Zaffirinthos sabía que, a consecuencia de un horrible accidente, el rey tenía amnesia. Era tal la pérdida de memoria, que no sabía por qué Melissa Maguire, esa mujer inglesa tan bella, le inspiraba unos sentimientos tan profundos.

Convencido de que no estaba capacitado para reinar, decidió renunciar a sus derechos dinásticos, pero Melissa tenía algo importante que decirle: ¡tenía un heredero!

Según la ley, Carlo no podía abdicar, así que iba a tener que encontrar la manera de llevarse bien con Melissa, su nueva reina.

El rey de mi corazón

Sharon Kendrick